魔女に首輪は付けられ

Can't be put collars on witches.

著 ━━ 夢見夕利　Illus. ━━ 緜

Cover Design ━━ Kaoru Miyazaki (KRAPHT)

Can' tbe put collars on witches.

Written by Yuri Yumemi　Illustrated by Wata　Cover Design by Kaoru Miyazaki (KRAPHT)

Published by DENGEKI BUNKO

プロローグ

　悪いことをすると魔女がやってくる。

　この国では大人が子供にそう言って聞かせるものだ。魔女は悪い存在だから悪いことをすると呼び寄せてしまうと。大人たちは我が子が悪戯（いたずら）をしないように、精一杯怖く語ってみせた。

　しかし、やはりそれはただのおとぎ話にすぎないということが今のローグにはよくわかる。

　なぜなら――

　ここに、魔女はやってきていないからだ。


「さっさと金を詰めろ！　ぶち殺すぞ！」

　カウンターの奥で、覆面の男が魔術書片手に怒鳴っている。若い女性の銀行員が両手一杯に札束を抱えながら走ってくるのが見えた。今にも泣き出しそうになりながら札束を袋に投げ入れると、来た道を戻っていく。

続いて左側の入り口を見れば警備員が『溶けてしまった』跡があり、正面を見れば三人の覆面がうろついている。もちろんローグ含め、壁際の客たちを見張るためだ。

ローグ・マカベスタは何度目かわからないため息を吐いた。

ここには金を下ろしに来ただけなのだ。だというのに、なぜ強盗に巻き込まれているのだろう。治安の悪さに呆れ果てる。

ローグの覚えている限り、銀行強盗は今年に入って五回起きている。単独での犯行を含めれば六十件は余裕で超す。

いや、わかっている。全部〈魔術〉が悪いのだ。

昼飯を食べていないので腹が鳴り、ローグはまたため息を吐く。本当についてない。

「おい、お前！　なんだその態度は？」

声がかかり顔を上げると、見張りの一人がローグを睨みつけていた。

「余計なことをするな！　今すぐ殺されたいのか！」

「……」

警告代わりに睨み返す。

凄んでみせたつもりだったが、自分の顔じゃ逆効果にしかならなかったようだ。見張りの額に青筋が浮かぶのが見えた。

シャツの襟を摑まれ、無理やり立たされた。見張りが唾を飛ばしながら叫び、右手を振り上げる。

「手を出さないと思っていたのか！　ぶっ殺してやる！」

右手にあるのは刻印が刻まれた円盤だった。このタイプは把手(とって)が付いていて、取り回しがしやすい上に、刻印を刻む範囲が広いので、『声無し』の犯罪者には愛用されている。刻まれた魔術はさしずめ〈液状化(スープ)〉辺りだろう。

円盤が輝き始める。光線の速度は銃弾よりも速い。発射された後からは避けきれない。だからローグも仕方なく反撃することにした。

右手の手袋(グローブ)に力を込め。

足を踏み込み――

「ぶへぇあっ！」

円盤ごと見張りの顔をぶん殴ると、見張りは数メートルほど飛び、一鳴きした後に動かなくなった。

「何してやがる！」

仲間がやられたことに気づいた残りの覆面たちが、すぐさまローグへ魔道具を向けてくる。

銀行を占拠した時の手際(てぎわ)の良さから、もう何度も強盗を繰り返しているのだろう。手配書も出ているに違いない。ようするに捕らえなければならない凶悪犯というわけだ。

「……こっちは非番だぞ」

そう言うとローグは側にあった事務机に手をかける。

覆面たちが魔術の発動動作に入る前に、それを両手で持ち上げ、彼らに投げつけた。宙を舞う事務机を避けることすら敵わず、覆面二人は吹っ飛ばされた。

さて。

床で伸びている覆面三人を尻目に、カウンター奥へ向かう。脅しつけていた銀行員と一緒になって、ぽかんと口を開けている最後の覆面が、ローグとの距離残り五メートルほどとなったところでようやく我に返ったらしく、

「そ、それ以上来るんじゃねえ！　こいつを殺すぞ！」

と銀行員を羽交い締めにした。

ローグは呆れた。

「のんびり魔術を使う暇があると思ってるのか？　さっきの仲間たちを見てなかったのか？」

「う、うるせえ！　こいつがある！」

強盗が取り出したのはナイフだった。見たところ魔術加工もされていない、ただのナイフ。

「やめとけ。怪我するだけだ」

「うるせえぞ捜査官！　黙ってろ！」

強盗の言葉にローグは眉をひそめる。

「気づいていたのか？　俺が捜査官だって」

「くそが！　気づかねえわけねえだろ！　てめえら捜査官は、いつも俺たちを邪魔しやがる！犯罪者に自由はねえとでも言いてえのか！」

「……自由はあるだろ。だがお前が人質にとってるその人の自由はどうなる？　それは無視していいものなのか？」

「他人のことなんて知るか！　とっととそこから消え失せろ！」

覆面がナイフを銀行員の首に向けた。

「ひいいいっ」

銀行員がついに悲鳴を上げ、抱いていた札束をボロボロと落とす。その挙動が気に障ったらしく、覆面が荒い息を吐きながら刃先を銀行員の喉元へ押し付ける。薄皮が破け、みるみるうちに血が滲み、喉元からシャツにかけて赤い線を作った。

その様子を見ながらローグは声を落とし、

「……これが最後だ。人質を解放しろ」

右手をポケットに入れた。

「動くんじゃねえと言っただろうが！」

覆面が怒鳴る。

「離す気はないのか？」

「うるせえ野郎が！　今すぐこいつの首搔っ捌いてやるよ！」

交渉決裂だ。

瞬間、ごんっと音がして、覆面が倒れた。

ローグのポケット越しに放たれたコインが覆面の額に直撃したのだ。

穴の空いたズボンを見てローグは舌打ちする。

「ズボンが台無しになったじゃねえかよ」

続いて端末を手に取り、警察にかける。

「イレイル支部のローグ・マカベスタだ。三区のフリューべ通りで銀行強盗が発生した。犯人は四人組。全員片付けたからすぐに回収しに来てくれ。それと医療班も呼んだ方がいい……あ？　だからもう片付けたって。そう言ってるだろ」

通話を終えると、銀行員が声をかけてきた。

「あ、あの、ローグって……！」

何事かと端末をポケットにしまい、銀行員に向かい合う。たった今強盗に襲われたにしては、やけに声が明るい。嫌な予感がし、それは的中した。

「〈血塗(ちぬ)れのローグ〉……さん、ですか？　助けてくださりありがとうございます！」

銀行員はそう言ったのだ。

内心げんなりした。こんなところまでその名前が広まっているとは――

犯罪者を素手でぶちのめし、返り血を体中に浴びるから〈血塗(ちぬ)れのローグ〉。やめてくれと言っているのに誰もがローグをそう呼ぶ。ローグは浴びたくて血を浴びてるわけじゃないのに。

「ろ、ローグさんに助けてもらえるなんて光栄です！　あとでサインをいただけませんか？」

たった今死にそうだったのに呑気なものだ。

「悪いが芸能人じゃないんだ。遠慮させてもらうよ」

「す、すみません。でも次会った時にはサインもらえますか？」

「考えておくよ」

（その時は永遠に来ないだろうがな）

近々ローグは管理職に昇進することになっている。

現場の最前線において多数の魔術犯罪者の検挙、その功績を認められてのことだった。〈首刈り魔〉〈二番目のアレン〉〈風雨〉〈沼男〉……いずれも捕まえるのに骨を折った犯罪者だ。思い出したくもないような下衆の集まり。

しかし、そんな奴らと顔をあわせるのが、今日で最後だと考えると、胸がすく。床に転がっている奴らとも関わらなくていい。ローグは外から聞こえてくるサイレンの音を聞いて、鼻を鳴らした。

◇

かつて貴族が独占していた〈魔術〉は近代化の流れとともに、民衆が知ることになった。

熱を現出させる〈着火(ヒート)〉。

物体を浮遊させる〈羽化(フライ)〉。

肉体を治癒させる〈再生(リジェネレーション)〉。

〈魔術〉とは異界の現象そのものだ。

〈言葉〉や〈文字〉で命令を伝えるだけで、思うがままに〈魔術〉は動いてくれる。文字通り〈魔術〉を使うわけだ。特別な才能など何も要らず、魔術書の指示に従えば幼児ですら〈魔術〉を行使することができた。その敷居(しきい)の低さから〈魔術〉は瞬(また)く間(ま)に広がった。

民衆は飢えや病気を克服し、手を取り合って豊かな時代を築くはずだった。

だが〈魔術〉などという『便利』な物が、悪用されないわけがなかったのだ。

物体を破裂させる〈膨張(パンク)〉は金庫破りに使われた。

外見を変える〈変化(モデリング)〉は詐欺に使われた。

電気を発生させる〈電光(スパーク)〉は遺産相続争いで人を殺傷するために使われた。

犯罪率はあっという間に増加し、世界は犯罪者のものとなった。

中でも『二大貴族』が統治しているラス・リルテ皇国はその人口密度に対する犯罪者の多さから、犯罪者の坩堝(るつぼ)と呼ばれるようになった。

治安は最悪。昼でも夜でも女性や子供は出歩けない。銀行強盗は日常茶飯事。ちょっとした口論からでも殺し合いが起きる。

善良な一般市民は犯罪者に対抗するために〈魔術書〉を買わざるをえず、魔術による不慮の事故で自身もまた犯罪者になってしまうことがしばしばあった。


事態を重く見た『二大貴族』のドラケニア家は新たな組織を編成した。


組織の名は〈魔術犯罪捜査局〉。

人員二万五千人。元警察や魔術師、学者、果ては退役軍人までもが局の人員として働いている。そして、その全てが魔術のエキスパートだった。

彼らは犯罪者の痕跡を辿(たど)り、自身の技術と経験を駆使し、目覚ましい成果を上げた。

組織が成立した十年間で検挙した魔術犯罪者は、八十五万人。

警察が手をこまねいていた時代と比べると破格の人数だ。

さらに、年間犯罪率も設立五年以降からは減少傾向にあった。

昼間から出歩いていても突然強盗にあうことはなくなり、表立っての犯罪行為は『比較的』行われなくなった。

〈魔術犯罪捜査局〉設立以前のことを考えると、捜査局の存在が犯罪の抑止力となっていたのは目に見えていた。

そして今日。

ローグ・マカベスタが一般捜査官から役職付きに昇級する日がやってきていた。

一章　魔女に首輪は付けられない

本部の局長室の壁にはずらりと額縁が並んでいる。『二大貴族』たちの顔写真だ。皆、揃って金の瞳をしている。まるで猫か何かのようで不気味だが、取り外すことは許可されていない。

「おめでとうローグ。私に感謝しなさぁい！」

呼び出されて早々に上司のヴェラドンナ・ヴィラードが言った。

皇国首都イレイイル支部局局長——それがヴェラドンナの肩書きだった。彼女はいつも唐突に物事を告げる。

「ありがとうございます」

形式として一礼する。

それを見てヴェラドンナはウェーブがかかった金髪を見せびらかすようにかきあげ、

「私が直々にあなたを推薦してあげたんだからぁ。いくら成果をあげたってぇ、ほんとだったらこんなにすんなり行かないんだからね。ドラケニアの方たちは査定に厳しいのよぉ」

過剰なほどに甘ったるい声音で言う。

胸元のボタンは二個まで外されており、派手な色の下着が覗いていた。噂では色仕掛けでこの地位まで上り詰めたと言われている。——無論、色仕掛けしか能のない者が座り続けられる地位ではないが。

リグトン家とドラケニア家で構成される『二大貴族』——〈魔術犯罪捜査局〉はドラケニア家の指揮下にあり、一族内でも徹底した実力至上主義の彼らは無能を許さない。汚職をした捜査官が氷の大地に飛ばされたというのはよくある話だ。

「ええ」

にこりともせず頷いてみせる。

「もっと感謝しなさぁい」

「ありがとうございます」

「もっとぉ！」

声を張り上げるヴェラドンナから、それとなく目線を外した。渋い顔になっていなければ良いのだが。

「……ありがとうございます」

「ああんもう！　食べちゃいたいわぁ！」

ヴェラドンナが頬に手を当て、そう言った。

ローグは彼女の好みの外見をしているようだった。彼女の地位に助けられたことは多い。昇進の件もそうだ。逆らわないに越したことはない。

窓ガラスに視線を移す。デスクにつくヴェラドンナの背後に、捜査官としての自分の姿が映っている。

切れ長の瞳に幼さの残った口元、捜査官育成校で散々からかわれた背丈、街で見かけた時、捜査官と判断するものがどれだけいるのか。身を覆うファー付きのコートは、少しでも犯罪者に威圧感を与えるために買ったものだった。

「ローグも食べられたいわよねぇ私にぃ？　がおーう！」

獅子の構えをするヴェラドンナに、ローグは淡々と言った。

「冗談はよしてください局長」

「あら、そう？」

「はい」

「でもほんの少しくらいは食べられたいって気持ちがあるんじゃなぁい？　ね？」

「ね？じゃないです局長。ありませんので話を進めてください」

「別にいいじゃなあぃ。どうせ男は皆飢えたケダモノなんだから、目の前にエサが吊り下げられてたら必死こいてぴょんぴょんしてればいいのよぉこのクソ真面目野郎が」

「局長何か？」

後ろの方が聞こえなかったので聞き返す。

「別に何もぉ？」

ヴェラドンナが頰を膨らませるが、正直似合っていない。見なかったふりをしていると、デスク上にある彼女の端末が鳴った。

「は～いヴェラで～す。もしもしぃ～」

いつもの猫なで声でヴェラドンナが出る。

「なるほどぉ、また犠牲者がぁ」

と言いながらヴェラドンナが頷（うなず）いている。連絡先はおそらく彼女の上司だろう。ただの一捜査官からすれば姿を見ることさえないような階級だ。故にローグとは何も関係がない。静かに様子を見守っていると、

「はぁい、ヴェラ失礼いたしまーす。はぁい、さようならぁ……厄介事押し付けてんじゃねえよばーか」

唐突に低い声が聞こえた。

流石（さすが）にギョッとした。

「……どうしましたか？」

「別にぃ？　ローグ君にはちっとも関係のないことよぉ」

そう言いつつもヴェラドンナは頰杖（ほおづえ）をつき、いじけたようにペン立てを指で弾く。よほど何か難題を吹っかけられたのか、こちらに聞こえるように「あーあー面倒だわぁ」と呻（うめ）いている。

随分露骨な現実逃避だ。

無表情にやり過ごそうとしていると、窓に光が反射したことに気づいた。デスク上のディスプレイに捜査資料らしきものが表示されているのだ。窓ガラスには一瞬しか映らなかったが、ログはわかってしまった。

（〈奪命者〉絡みか……）

現在、世間を騒がせている難事件だ。自分の耳にも情報は入って来ている。

二ヶ月ほど前に商業地区のディロで異常死体が見つかった。その遺体の身元は所持していた身分証からすぐわかった。

ジム・フォーリー、――二十五歳の男。会社員。犯罪歴なし。善良な人物で身辺を洗っても特に、彼へ恨みを抱いているものは見つからなかった。深刻な病歴もなし、いたって健康だった。

そんなジムは裏路地で『老衰死』していた。

皮膚は水分と張りを失いミイラのようだったし、手足は棒のように細かった。何よりその顔は恐怖と苦痛に歪んでいて、家族にすらわからないほど変わり果てていた。

現場から〈魔術痕〉は認められなかったが、当局はこれを殺人事件と認定した。二十五歳で老衰死するなんて、〈魔術〉以外ではありえない現象だからだ。

人間を老衰死させる魔術を扱う人物――〈奪命者〉と名付けられひとまず捜査は開始された。

しかし、現在まで犯人は見つかっておらず、進展はなかった。

「まあ局長がそう言うなら、それでもいいと思いますが……」

とはいえローグ自身は明日から、現場を離れることが決定している。万が一関わりがあるとしても部下を通してということになるだろう。気にする必要はない。

そう思っているとヴェラドンナの呻き声が聞こえなくなっていることに気づいた。じっと見られている。

「……なんでしょうか」

問うとヴェラドンナはいやらしい笑みを浮かべた。

「ねぇローグぅ？　今自分は関係ないって思ってたでしょ？」

「……いえ」

「多分関係あるかもだわぁ」

そう言うとヴェラドンナは「あはっ」と耐え切れなくなったように声を上げた。ローグはちっとも面白くない。

「局長、何が関係あるというんですか」

「ええ～？　教えてほしいかしらぁ？」

「……いえ。結構です」

自分から聞くのも負けたようで癪に障る。それきりにして、話題を変えようとした時だった。

ヴェラドンナが顔を伏せたかと思うと、肩を震わせ始めた。先ほどから機嫌の良さを隠せていない……というよりはローグに見せつけているようにすら見える。

何を企んでいるのか。

いや、ひょっとすると企みは既に終わっていて、種を明かす前だから笑っているのではないのか？

思い当たった瞬間、ヴェラドンナが大袈裟に髪をかきあげながら立ち上がり――

「あなたが行くのはナバコ島よ！　おめでとうローグ捜査官！」

盛大に拍手をした。

「は？」

思わず不躾な声が出るも、ヴェラドンナは平然と続けた。

「ナバコはいいところよぉ。お酒が美味しかったし、他にはお酒も美味しかったし……あ！あとお酒が美味しかったわ！」

――ナバコ島だって？

ローグの血の気が引く。

あそこは島の住人が五百人くらいしかいない『自然豊かな』島だ。本土からはボートで三十分かかる。そのような場所でどんな犯罪が起きるのか知らないが――いやそもそも犯罪者と顔を合わせないで済むというレベルの話ではない。典型的な左遷ではないか。

自分がナバコ島で働いている姿を想像する。

腰を痛めた老人の手伝いをしながら、時々お菓子をご馳走してもらって朝から晩まで特に何もなく過ごす。何事もなさすぎる日々が続き、そのうちにそれでもいいと受け入れてしまうのだ。

想像すればするほど、ナバコ行きが悪夢でしかないことがわかり、声がひび割れたように引き攣った。

「局長、その決定は納得できません。理由を――」

「あらぁ。住めば都というじゃない。それにあそこには夜な夜な殺人鬼が出没するのよぉ？」

「そんなわけが」

「もちろん嘘だわぁ」

ローグの声を遮ると、ヴェラドンナは微笑んだ。まるではしゃいでいる子供を見る母親のように。その瞬間、ローグは抵抗は無意味だと悟った。

「……今から変更はできないんですか？」

唸るように言うと、ヴェラドンナはリップが塗られた唇に人差し指を当て、

「そうねぇ……そんな可哀想にされちゃうと、検討したくもなっちゃうわねぇ……」

じろじろとローグの体を眺めまわす。上から下までじっくりと、視線に緩急をつけ、しまいには舌なめずりをし、ローグの耳にふっと息を吹きかけた。

青ざめたローグの顔を見て、ヴェラドンナの笑みが深まる。

「そういうことしてもいいのだけれどぉ、残念ながら候補はもう一つあるのよねぇ」

「……なんですか？」

息も絶え絶えになりながらローグは言う。

「第六分署って知ってるかしら？」

「第六分署？」

おうむ返ししてしまう。

首都イレイル内には第五分署までしか存在しない。第六分署なんて聞いたこともない。

「局長。それは真面目に言っているのでしょうか」

「失礼しちゃうわね。真面目に決まってるじゃない」

「ではなぜ、こんな話を」

「一般捜査官には知らされないことになっているのよ。まぁ私みたいに偉〜い人は知っているけどねぇ。ちゃぁんと存在するわよ」

腑に落ちない。

表情にも多少出ていたはずだが、しかしヴェラドンナはローグの心情など知ったことではないというようにデスクを指で叩き、

「極秘に設立された署なの。そこでの業務はちょ〜っと特殊でぇ、一般分署では、手に負えな

い特殊な事件を捜査するの」

「はあ」

「でぇ、あなたをそこに署長として仮配属するわ。どう？　悪い話じゃないでしょ」

それが本当の話ならばだ、悪い話じゃないどころではない。署長といったら管理官の最上級だ。数百人の捜査官を従え、管理する。血が吹き荒ぶ現場の中で最も血と遠い地位だ。与えられる権限も計り知れない。

「……願ってもない話ですが、一つ質問してもいいでしょうか」

そうローグは切り出した。

「あらぁどうして？」

「……特殊業務と言いましたね？　俺はそこで何をすることになるんですか？」

半ば確信しながら言うと、

「勘がいいわね」

ヴェラドンナがにんまりする。そしてわざわざ椅子に座り直し、

「そうよ。上から急かされてるのよ、早く〈奪命者〉を捕まえろってねぇ。で、嫌なら嫌でいいんだけどぉ、どうかしらぁ？　それともナバコに行ってみるぅ？　お年寄りから感謝されるのも悪くはないわよぉ？　力仕事をしてくれる若者ならきっと大歓迎のはずだわぁ」

優雅に脚を組みながら問いかけてくる。

拒んだのなら、確かにそうなるだろう。ヴェラドンナの決断は早い。もう何人もその早さの犠牲となったものを見てきている。自分がその例に倣うわけにはいかなかった。

「局長」

重々しく口を開くとヴェラドンナが首を傾げた。

「んん〜？」

「……署の場所はどこでしょうか？」

結局、ローグはそう言うこととなった。

◇

ディーン大陸の下半分を占める皇国、その首都イレイルの形は三日月形に近い。大陸の端に位置し、海外との交易及び皇国経済の心臓部としての役割を果たしている。

九つの区からなり、左方に海、中央に高層ビルの立ち並ぶビジネス街、上方に内陸部へ続く丘がある。捜査局本部から車で二十分程度の、その丘まで上ると都会の喧騒は嘘のようになくなり、代わりに高級住宅街が現れる。

目的の建物は街の外れにあった。

教会のように見えた。見えたというのはうっそうと蔦が巻きつき、外壁は剝がれ、廃墟も同然だったからだ。しかし指定された場所はここである。事前に知らされていなければ気づかなかったかもしれない。

もっとも外観がいくら荒れていようが、勤務にはさほど影響はないだろう。ヴェラドンナは第六分署は『地下』に存在すると言っていた。機密保持の観点からというらしいが、実際には疑わしい。

教会内部に入ると足が止まった。

講壇の壁、その左端にドアがあった。荒れ果てた教会に無理やり設置したかのような、鉄のドアだった。

その時声が聞こえた。

「ローグ・マカベスタ捜査官ですね」

少女のような声だった。どこかにスピーカーがあるのか、音が響く。

「……ああ、そうだ」

ローグの声を拾ったのかすぐさま返事があった。

「その場でお待ちください。本人確認を行います」

そう声がするが、誰も出て来ない。これもまたどこかにカメラでもあるのか。

言われるがままに待っていると、突然、講壇側のドアがスライドしていく。音もなく滑らかに壁に収納され、数メートル先に昇降機があるのが見えた。

「本人確認を完了しました。中へお入りください」

声の指示に従って講壇へあがった。鉄のドアがあった場所まで行くと、今度は昇降機のドアが開いていく。内部は人一人乗るには随分広いし、壁も床も天井も白かった。まるで荒れた外界と隔絶されているように見えた。

指示はもうない。

一度だけ振り返ると、昇降機へ乗り込んだ。

しかしドアが閉じていくにしたがって息苦しさを覚えた。納得済みだと思っていたが疑念が蘇る。地下。そんなところで働くなんてあり得ることなのだろうか。デスクワーカーならまだわかる。だがローグは捜査官だ。閉じ籠りっぱなしというわけにもいかないだろう。

それにしても浮遊感は長く続いた。一体どれだけ降下しているのだろう。途方もない時間を過ごしたかのように感じていると、急に視界が開けた。

「到着しました」

女の声に従って昇降機と地面の境を越えると、その先には広々とした空間があった。

丸テーブルと椅子がいくつかあり、何人か座っている。吹き抜けになっているので、他の階の様子も確認できた。フロアごとに瀟洒な扉が並び、ガラスのフェンスが通路を囲っている。蔦もないし、塗装の剝がれもない。

予想外にまともな、署の様子に目を奪われていると、ローグは気づいた。

(他の捜査官はどこにいる?)

いくら急いでいるからと言っても、誰かしらは署内にいるはずだ。しかし見える範囲で『大人』はいなかった。

ヴェラドンナは何を考えているのか。立ち止まっていても仕方がないので、歩を進めると、ホールの中央で眼鏡の少女が待ち構えていた。肌は青白く目元には隈、顔立ちは整っているが病的な印象だ。

「ようこそ第六分署に、ローグ捜査官。私はリコ・ライナと申します。ここの事務員です。ご用件があれば何なりと」

そう少女は述べ、お辞儀をしたがローグはこの事務員の、ある一言が気になってしょうがなかった。

ローグ捜査官。

署長ではなく、そう呼んだのだ。

「……ローグだ、こちらこそよろしく。いくつか尋ねたいことがあるんだが……」

「何でしょう」

「ここは本当に第六分署なのか？」

ローグはそう言って、ホールを見回す。

椅子に座っているもの、壁に寄りかかって本を読んでいるもの、上階のフェンスに体をもたせかけているものもいる。一周する間に数えてみれば十二人いた。そしてその十二人は全て少女だった。魔術犯罪捜査局で働く人間のようには決して見えない。

しかしリコは頷くと、

「ええ、第六分署で間違いありません」

「署長と言われてきたんだが……他の捜査官は？　全員出払っているのか？」

「第六分署において捜査官の権限を持っているのは、あなたお一人です。そういう意味では署長ということで間違いないと思います、ローグ捜査官」

リコは言い切り、無機質な目で見つめてきた。

いよいよ目眩を感じた。

「……それではここにいる人間は？」

「囚人です」

「囚人だと？」

署内になぜそんなものがいるのか。一瞬のうちに聞きたいことが山ほど生まれる。が、ローグは抑えた。代わりに最も重要だと思われることを訊いた。

「……俺は局長に言われて来た。〈奪命者〉の捜査をするためだ。犯罪者の面倒を見るためじゃない。本当にここで捜査はできるのか？」

低い声音を作ってみせてもリコは動じず、

「問題ありません。囚人でありますが彼女たちは特別です。紹介をします。近くに行きましょう」

スタスタと少女たちの前へ進んでいく。

渋い顔をしながらローグは、その背中を追っていく。まるで決められた段取りをなぞっているみたいにスムーズだ。いっそう不信感が強くなる。

やがて二人は、丸テーブルを一人で占領している少女の前で止まった。紹介すると言っているのに少女は瞼を閉じてしまっている。寝息のようなものも聞こえた。しかしリコはそれでも構わないとでもいうように、口を開いた。

「彼女はミゼリア。精神干渉系魔術を得意としており、人間を『人形』に変えてしまいます。識別名は〈人形鬼〉。過去に皇族を手にかけた例があり、その時には周囲の近衛、全てが彼女の人形になっていたそうです」

肝心の少女は脚を組みながら頬杖をついている。身じろぎ一つしない。白いジャケットに白いスカートを着て、長い白髪をテーブルや脚に垂れ下がらせたままにしている。

白の印象が強い以外は普通の少女だった。何もおかしくはない。

　されど胸騒ぎが止まらない。ローグはこの感覚を知っている。普通の少女。そう、そのはずだったのだ。しかし過去を想起し始める頃には既に遅く、
　ゆっくりとリコの言葉が耳に入ってくる。

「そして、特例管轄措置による斬首期限は六千年。貴族評議会が認定した――」

　心臓の音が強くなり、

「十三番目の魔女です」

　最後の言葉で不安が確信に変わった。

「……今なんて言った？」

　掠(かす)れた声が出た。

　リコが首を傾(かし)げ、

「私は、何か間違ったことを言ってしまったのでしょうか？　捜査官育成校の教育課程で教えられる情報と相違ないはずですが」

「……それは知ってる」

「では何か問題がおありでしょうか？　魔女ミゼリアについて」

「……魔女は〈アンデワース〉にいるはず……どうしてこんなところにいる？」

　リコは左手を、吹き抜けの上層に向けて差し出し、

「要塞監獄(アンデワース)ですね。ご安心ください。ここも〈アンデワース〉の一つです。他と同様に、大規

模な防護魔術と撹乱魔術がかけられております。加えて最新鋭の監視システムも導入し、外部からの侵入は不可能です」

「……だからそういうことを言ってるんじゃねえ」

自然とローグの語勢が強くなる。

「なんでこんな平然と魔女が野放しにされてるんだ……！」

この事務員は本当にわかっているのか？　魔女がその気になればすぐ、「ローグも含め」消し去れるというのに。

魔術が民衆に広まる以前から、魔女たちは皇国に存在していた。魔術そのものと融合し、不老となった正真正銘の化け物たちだ。前触れもなく現れ、そのいずれも皇国に災厄といってもいいほどの害を与えた。

魔術で街を形も残らず蒸発させた魔女もいるし、十万人が死傷した暴動の原因となったものもいる。一晩で数千人が攫われた事件もある――魔女の存在は決して嘘ではない。

しかし――

どれだけ奴らが危険であるか、現在の国民は理解すらしていないだろう。何せ「悪いことをすると魔女がやってくる」と子供を叱りつけるためのおとぎ話に変えてしまうくらいなのだ。

遥か遠い時代の出来事として受け止めている。

眉根に力が入ったその時だった。

「お目覚めでしょうか、ミゼリア」

リコの言葉にハッとすると、ミゼリアと呼ばれた少女が瞼を開けかけていたのが見えた。長いまつ毛が幾度も上下し、やがて完全に瞼が開かれた。

「しまったなあ、もうこんな時間か。少々潜りすぎていたよ」

そう独り言のように呟くと、少女の顔がこちらに向けられた。

深々とした蒼の瞳だった。

一瞬、瞳の中に自分が呑み込まれていくような錯覚に陥った。広大な海の真ん中で誰かに助けを求める続けるような、どうにもならないという無力感。

視線が囚われていくのを振り払おうとすると、今度は人形のように作り物めいた顔を認識した。端整な顔だった。首元のチョーカーは肌と調和し、長い白髪が照明を反射し、煌々と輝いている。世が世なら多くの人に崇められていたのかもしれない。

だが、気がつけばローグは後ずさっていた。

「恐れる必要などないよ、同じ人間なのだから」

白い少女が澄んだ声でにこりと笑いかけた。あまりに気安く放たれたのでしばらくの間、呆然とした。そして徐々に羞恥と怒りが湧いてきた。

「……人間だと？　お前たち魔女は――」

「まあ、待ちたまえ。自己紹介を先に済ませようじゃないか。私はミゼリア。国の虜囚さ。君

の名は？」

　そう遮られ、歯噛みする。

「……ローグ。ローグ・マカベスタ」

　少女はまたにこりとする。

「ふむ、ローグ君。君はこの第六分署配属となったわけだが、感想は何かあるかい？　例えばそうだな、ヴェラドンナの奴を崖から突き落としてやりたいとか」

　言葉を飲み込むのに時間がかかった。

「……おい、何で魔女のお前が局長を知ってるんだ？」

〈アンデワース〉では、魔女は外の情報を一切与えられず、文字通り死人のように過ごすはずだ。しかし、これではヴェラドンナが目の前の魔女――ミゼリアと知り合いであるかのようだった。

「む」

　形のいい眉をひそめ、白い少女はリコの方を向いた。

「リコ。この哀れな新人にはまだ何も知らされていないのかい？」

（知らされていない？）

「お、おい」

　とローグが声を出すも、リコの方も少女と向き合ったまま首を傾げ、

「そうなのですか？　てっきり私はヴェラドンナ局長から、何もかも教えられてから来たのだと思っておりましたが」

二人で何かしらの了解があるように話し合っている。やがて結論を付けたのか、リコがこちらへ相対した。

「行き違いがあったようです、ローグ捜査官。今から第六分署のことをお伝えします。第六分署とは大罪人の〈魔女〉とともに捜査をするチームなのです。ですから捜査官にはこの方たちの指揮をし、事件を解決していただきたいのです」

一瞬呼吸が止まった。

魔女と捜査？　正気か？

大体どうしてヴェラドンナはそんな大事なことも教えずに――

ローグはすぐに思い当たった。難航している殺人事件、さらにあの上司は『上』からせっつかれている。実力主義の捜査局ではちょっとしたことが命取りになる。であれば、使いやすい駒がいれば使うのは当然ではないのか。自分に中々靡(なび)かない駒であればなおさらだ。昇進の話に乗らなければ、この状況に至らなかったのだろうか。ローグは自身の選択を後悔した。

視界が暗くなりかけた時、リコが口を開いた。

「矢継ぎ早で申し訳ありませんが、宜(よろ)しいでしょうか？」

苦虫を噛み潰したようにして、頷いてみせる。

「……まだ何か問題があるのか」

「ヴェラドンナ局長から指令を頂いておりまして。本当は一段落ついてからお伝えしようと思っていたのですけれど」

「……頼む」

「『はぁいローグ！　元気ぃ？　愛しのヴェラドンナよぉ？』」

リコが突然極甘な声を出した。

「な、なんだそれ」

「ヴェラドンナ局長からの指令内容です。口頭で伝えろと仰っていたので」

「ああ……もう突っ込まねえ……」

リコが続ける。

「『今回そっちの魔女たちを指揮して〈奪命者〉の捜査をやってもらいたいの。実はぁ、そこの第六分署には前任者がいたんだけどぉ、魔女の機嫌を損ねちゃったの。でも捜査に穴をあけるわけにはいかないしぃ。だから私、考えたのぉ。期待のエース、ローグ君ならなんとかできるかもしれないって。いいこと、ローグぅ？　なるべく早く事件を解決しなさぁい。できなかったらぁ…………一生そこで魔女と乳繰り合ってなさぁい。あ、会議の時間～じゃあねぇ～』……以上が内容となります」

そう言い切るとリコは「本日より第六分署署長としての勤務をお願い申し上げます。ローグ捜査官」とお辞儀をした。

頭の中で、ありったけの罵倒をヴェラドンナへ送った。

今のローグだったらヴェラドンナを殴ることだってできそうだ。それだけの理不尽さを味わっている。

見れば白い少女が微笑(ほほえ)みかけてくる。

「落ち着いたかい？」

「ああ、落ち着いた」

と皮肉を言ってみせるが白い少女の微笑は崩れない。

その時「またこのパターンか」と魔女たちの中から声が聞こえた。同情的な色が入っていたような気がした。ということは以前にもこのような形で第六分署に来たものがいるのか。視線が僅かに魔女たちに向いた。

ローグの様子を見てとったのか、ふむ、と白い少女が頷(うなず)き、

「まあ、大抵は君のように望まずここに追いやられてくるのさ。さすがに何も知らないで来たというのは初めてだけどね」

「……」

余計にあの局長に対する怒りが募る。

「……お前の方は色々と知っていそうだな」

「もちろんさ。何しろここ最近は私が『担当』しているからね」

「『担当』だと？」

聞き返すと白い少女は、

「平たく言えば捜査活動における相棒さ。君にも当然覚えがあるだろう？　ここでは立候補制でね、今のところは私がやらせてもらってるんだ」

そう言いながら椅子から立ち上がった。長い髪がふわりと巻き上がり、それを目で追っているうちに手が差し出されていた。

「よろしく頼むよ」

「……ああ」

手袋を外し、白い少女の手を取った。血など通っていないかと思っていたが意外に温かい。ローグの体温よりは低いが、確かに生きている。『人間』というのは嘘（うそ）というわけでもなかったようだ。

冷静に考えれば捜査に制御不能な魔女を入れるわけがない。ローグは徐々に緊張が緩んでいくのを感じた——魔女の中からその声が聞こえるまでは。

「ミゼリアー？　そいつはいつ殺すの？」

「は？」

咄嗟に少女から手を離した。殺す？

「……どういうことだ？」

「すまないね。彼女は人を怖がらせるのが好きなんだ」

「よく言うよー。前の奴も自殺させているくせにー」

また声が飛ぶ。

白い少女は嘘がバレた子供のように笑った。

「はは。結果的にそうなってしまっただけだよ。殺したくて殺したわけではない」

「嘘つけー」

「恥を知れ」

「性格悪いぞー」

魔女たちが囃し立てているが、ローグは信じられない気分だった。捜査官が自殺するだって？　どんな酷い状況でそんなことが起こるのか。

ローグはリコに向かい合うと、

「無理だリコさん。殺人鬼と仕事なんてできない。局長に連絡させてくれ」

「ご安心ください、ローグ捜査官。彼女たちには安全装置がついています。首元をご覧ください」

リコに言われるがままに白い少女を見ると、その首には黒のチョーカーが巻き付いていた。

ホールを見回せば少女だけでなく、他の魔女全員の首にも同じものがあった。

再び顔を向けるとリコが、

「これは〈首輪〉です」

「〈首輪〉？」

「魔道具の一種です。三つの条件のどれかを満たすと、即座に着用者を死に至らしめます。一つは直接的に殺人行為を犯すこと。もう一つは許可された範囲を出ること、範囲は皇国領土内です。これは体の一部が出てしまった場合にも適用されます。最後の一つですが——」

と白い少女が会話に割り込み、

「規定以上の魔力を検知した場合だね。おかげで私たちは子供程度の魔力しか使えないんだよ」

と言って、何が面白いのかくつくつと笑う。

「ちょっと待て。それでも手が使えるんだろ？　だったら、魔術が使えなくても問題ないじゃないか」

ペン先、ナイフ、自身の歯、——手が使えるからにはいくらでも手段はある。それにチョーカーの見た目をしているからには耐久力にも期待はできない。少女の力でも破壊は容易に見える。

「お言葉ですが捜査官」リコが言った。「〈首輪〉は決して外れません。着用者の死を感知しない限り、その役目を果たし続けます。それまではたとえ『魔剣』の類を用いようと破壊されることはありません」

「厳しい話だよ」

うんうんと白い少女が頷いている。

「だからって安心しろって言うのかよ」とローグは言い、白い少女を睨む。

「というかお前、さっき捜査官を自殺させたとか言われてたな？」

「ああ、そうだとも」

「それは人を殺したことにならないのか？　なんでお前は死んでない」

「ちょっとした言葉でも人は死ぬことがあるよ、ローグ君。思いもよらない言葉が引き金になることだってある」

「はぐらかすな」

声を低くすると、白い少女は、さも当然かのように、

「自殺を勘定に入れてしまったら、捜査局は私たちを活用することができなくなる。私たちを殺せるのだったら自殺なんて苦でもない人たちはたくさんいるからね」

「それが理由だってのか？」

「おや、不満なのかい？」

「当たり前だろ。誰が魔女と働きたいと思うんだ」

「悲しいなあ。もう嫌われてしまった。私はこれから仲良くやっていこうと思ってたのに」

「嘘を吐くなよ魔女」

ローグが言うと白い少女はウインクをしてきた。

「いやいや本当だよ。君のような人は好きだよ」

心の中で舌打ちする。

「俺は頼まれてもゴメンだね」

「そうかい？　私の顔立ちはそう悪いものではないと思うんだが」

白い少女は自分の顔を指し、言った。

「そんなこと関係あるか」

「手厳しいねえ」

「何が手厳しいだ――」

言い返そうとするとリコから声がかかった。

「お時間はよろしいのでしょうか。事件解決を急ぐようにと、ヴェラドンナ局長から指令を受けていたはずですが」

思わずハッとするが首を振る。そもそもこれは公平な条件ではない。

「……魔女がいるなんて知っていたら俺はここに来なかった」

そう言うとリコは僅かに首を傾けるのみだった。

「そうでしょうか？　先ほどは随分打ち解けていたように見えました」

「……」

「ヴェラドンナ局長はナバコ島への手配は既に済んでいる、と仰っていました。今日中にでも島へ向かうことができると」

言葉に詰まる。結局従うしかないのか。ここから逃げたとしても待っているのは島行きだ。捜査官としては最悪の場所。しかし少なくともここは違う。『捜査』はできる。

ローグはリコたちに背を向けた。魔女と一緒に行動することになろうが、やることは決まっている。いつも通りやれば良い。靴裏で床を叩きながら息を吸うと、声を張り上げた。

「お前たち！　ブリーフィングをやるぞ！」

しかしホール内で返事をした魔女はいなかった。皆変わらず好きにしている。まるでローグの声など届いていないかのように。

「おい！　聞いているのか！　〈首輪〉が付いているんじゃないのか！」

声量を大きくしても魔女たちは動く気配すらない。それどころか嘲笑われているような気すらした。

呆気に取られていると白い少女が左隣に来て、

「ローグ君。私たちは捜査局に協力してあげてるだけなんだ。強制されようが気が乗らないものは動かないよ。〈首輪〉が付いていようが付いてまいがそれは変わらないんだ」

そう言い放った。

「くそ……」

最悪なところに来てしまった。

「まあ気を落とすなよローグ君。この私と一緒に捜査できるんだよ？　きっと楽しいよ？」

白い少女が馴れ馴れしく肩に手をおいて来るので、その手を振り払った。

（……くそ）

もう一度心の中で呟いた。

◇

首都はいつも喧しい。どこへ行ってもクラクションが鳴っている。車の群れがやっと動き出す。しかし気が滅入る一方だった。魔女との捜査——それも署に派遣されて当日からだ。先が思いやられる。

「そう邪険にするなよ」

と魔女が助手席から言った。ローグはそちらの方を見ないで答える。

「黙ってろ。自分の立場をわかっているのか？」

「そんなこと言うなよローグ君。協力しようよ」

「誰がするか」

「つれないねぇ。昇進がかかっているんじゃないのかい？」

「お前には関係ねえだろ」

「そうかい？　多少なりとも関係はあるように思うんだが」

「お、バカやめろ！」

魔女――ミゼリアが肘でローグの脇腹を突っついてきた。危うく歩道脇の街路樹にぶつかるところだった。

ハンドルを切り元の車線に戻ると、

「ふざけるなよ魔女。車両の維持にどれだけ金が掛かってると思ってやがる」

「いいじゃないか。私には関係のないことだよ」

「頭がおかしいぞお前」

ローグの言葉にミゼリアは声をあげて笑った。車内で移動中もずっと笑っている。まるでピクニックにでも行くみたいに。

（よく笑う魔女だぜ……）

しかしだからといって魔女は魔女だ。油断などできない。それきりローグは口をつぐんだ。

ミゼリアが何か話しかけてきても応じずに車を走らせる。五区――商業地区のディロに到着すると、大通りから裏通りに回った。規制線が貼られているのが見え、少し離れた場所に車を停めた。

雨上がりで水溜りがまだ残っている。路地裏なので陽も当たらず、少し肌寒い。壁は派手な色のスプレーで落書きされている。下手糞な絵だ。

ローグは車から降り、

「着いたぞ」

「ご苦労ローグ君」

言ったきりミゼリアは座席に腰かけたままだ。右手を上向きにして、開いたドアの前に差し出している。

「何してんだよ」

「ローグ君はエスコートもしてくれないのかい？」

「……」

ひょっとしてこの魔女はヴェラドンナに雇われたエキストラで、ローグは悪質な悪戯を受けているだけではないのか。いや、あり得ることではないが。

「……くだらねえ。そもそも乗る時はやらなかっただろうが」

「残念だが以前やらなかったことは、次やらない理由にはならないよ」

「言い訳するな。行かないと置いていくぞ」

「可愛げがないねぇローグ君は」

ミゼリアはようやく車から降りると、のそのそと尊大に歩いてきた。

「さあ！　捜査を始めようじゃないか！」

「静かにしろ。お前が出る幕はねぇ」

規制線の側には現地の警官が立っている。ローグは『現在』の身分を言った。

「イレイル支部局局長直属捜査官のローグだ。で、こっちは捜査協力者。〈魔術痕〉の専門家だ」

「はっご苦労様です」

警官が敬礼し、通してくれる。

ヴェラドンナが寄越した情報には偽の身分もあった。魔女を捜査に参加させていることが漏れるのは局長として不味いからだろう。ローグとしても余計な気配りを必要としないことには賛成だった。

死体袋の前まで行くと、ローグは目を見開いた。

中身がまるで存在していないように、くしゃりと凹んでいる。人間一人が入っているとはとても思えなかった。

顔を顰め、ジッパーを下ろす。

「胸糞悪い……」

ローグが呟いたのも無理はなかった。

死体袋の中身は幼児だった。髪の毛すら生えていない。ブカブカのコートに身を包まれ、うつろな目を晒している。

「クライム・フタ」――今年で八十になる花屋。目の前の赤ん坊とは、DNAが一致。指紋も彼が「クライム・フタ」であることを示していた。

八十年生きた彼の痕跡は完全に消え失せていた。

「興味深い現象だね」

ミゼリアが言った。

「若者が老化し、老人が幼児化する。ふむ、大した魔術じゃないか。ローグ君、君の見立ては？」

「……被害者が抵抗した痕跡がない。完璧に痕跡を消したとすると、後処理には相当な時間をかけたはずだ」

「それで？」

「大通りから外れているとはいえ、ちょっとでも覗き込まれればバレるような場所で、遺体の後処理はできない。おそらく……犯人は別の場所で被害者を殺し、後処理を済ませてからここに運び込んだ」

ミゼリアがゆっくりと拍手をした。

「いい推理じゃないか。さすがは期待の新人だね」

「馬鹿にしてんのか？」

「いやあ、本心だよ。大体合ってるだろう。で、問題はどうやってここに運び込んだか？　だね」

「別にそんなのは問題じゃねえ」

「ふうん？」

笑いかける魔女を無視し、ローグは来た道を引き返す。警官の群れを通り抜け、現場に到着した時の、落書きだらけの路地裏まで歩くとローグは足を止めた。

「ここから犯人が出入りしていた」

目の前の壁には街の不良が描いたと思われる絵。様々なスプレーの色が飛び散っている。視界の端にはゆったりと歩いてくるミゼリアが見えた。

「理由を聞いても？」とミゼリア。

「〈空間転移〉の刻印だ。あれなら別の場所から死体を運ぶのも容易だし、こうやってスプレーで上書きすれば、刻印が刻まれていることはバレねえ」

魔術を行使するには〈詠唱〉か〈刻印〉を必要とする。即座に効果を発揮する詠唱と違い、刻印は時間差で魔術を発動できるのだ。計画犯罪では、近辺に刻印を用意しておくのは常套手段だった。

　またも大仰に手を叩き、「すごいねえ。では、あとはスプレーを落とすだけだね」と言ってミゼリアがローグを見る。

「……」

「うん？　どうしようというんだい、ローグ君？」

　構わずにローグは端末を取り出し、かけようとする。連絡先は科捜研の知り合いだ。高圧洗浄機を持っていたはずだった。

「別に。スプレーを落とす道具を持ってくるだけだ」

「おいおい。そんな手間をかける必要があるのかい？　浄化魔術でも使えばいい」

「……俺の勝手だろ」

「ふむ、なるほど」

　ミゼリアが手を叩き、いかにも合点がいったかのように、

「君は〈声無し〉か」

「……」

　発信ボタンを押そうとするとミゼリアは、

「それならば仕方がないね。魔術を代わりに使ってあげようじゃないか。全く、早く言っておいてくれればいいのに」

ローグから端末を奪い、ローグのポケットに戻した。

「……魔女にやる個人情報なんて一個もねぇ」

「ふうん、君はそういう人か。でも私はもう、君の名前も、君がどんな仕事をしているかも、知っているよ」

「……」

「『手段』が届くまでにどれだけかかるのかな？」

「……お前に頼ればいいってのか」

「そんなにきつい言い方をしなくてもいいじゃないか。私たちはもう仲間だ。いくらでも頼ってくれていいよ？」

「……お前の手はいらない」

「おやおや、大丈夫かい？ヴェラドンナは事件を早く解決しろと言っていたような気がするけれどねえ」

意地の悪い顔、ミゼリアはそうとしか言い表せない顔をしていた。ぐつぐつとはらわたが煮えくり返るが、ローグは堪えた。確かに意固地になっている場合ではないかもしれない。事件解決は早ければ早いほどいい。ローグにとっても。誰にとっても。

ローグは信じられないほど重くなった口を開いた。

「……魔術を使ってくれ」

ふふっ、とミゼリアが息を漏らし、

「了解だよ」

と左手を斜め下に突き出した。ちょうど手の甲が上面に見える。

「何をしてるんだ」

「ここに口づけをしてくれ。ああ、ちゃんと跪いて感謝の言葉も述べて欲しいな。一分以内に頼むよ」

「は？」

頭が真っ白になった。

こいつは、殺人現場の前で何を言っているのだ。

「どうしたローグ君？　何か問題でもあるのかい？」

「お、大ありだ！」

あまりに突拍子もなくて呂律が回らなくなった。

「ば、馬鹿じゃないのか！　事件との関連もねえ！　そもそも何のためだ！」

「ローグ君」

ミゼリアが一歩踏み出し、ローグは一歩後ろに下がった。

「人が行動するには理由がいると思わないかい？　どんなに楽なことでも理由がなければ全て億劫さ」

「そ、それがどうした」

ミゼリアがさらにもう一歩進み、ローグはもう一歩下がる。

「正直なところねえ、事件が解決しようとしまいと私にはどうでもいいことなんだよ。私が事件捜査に望んでいることはただ一つ、『楽しさ』だ。君がそれを提供してくれるのなら、私はどんな協力も惜しまないつもりでいるよ」

試すように目を細め、さらに仰々しく手を差し伸べてきた。

「……楽しさだと？」

もう一歩下がると背中に壁が触れた。後ろに下がりすぎた。ミゼリアと目が合う。その瞳は爛々（らんらん）と輝いていた。

「そうとも。理解してくれたかな？」

「……理解できるか」

「では交渉決裂かな？」

「……そうは言ってない」

「ふむ、しかしローグ君は乗り気ではないようだ。やめるべきかもしれないね」

ニヤニヤとミゼリアが笑う。

「……待て。それ以外ならやってやる。代案を出せ」

「そうだなあ……」

とミゼリアは思案している風に上を見、やがて自分の右頬を指で突いた。

「ここどうかな？　手の甲よりも柔らかいけど」

「……や、柔らかさの問題じゃ」

「ふうん？　じゃあもっと硬いところにしようか。おでこはどうかな？　これなら君もできると思うけどねえ」

「────────」

絶句すると同時にローグはわかった。ミゼリアは単に、捜査官をやっている人間を跪かせたいのではないと。ミゼリアは人が苦痛や躊躇いを覚えている瞬間を見たいのだ。それがミゼリアにとっての『楽しさ』であるのだろう。

「く……そ……」

しかしそれがわかったからといって、これ以上の抵抗はできなそうだった。どう足掻いても屈辱的な方向に持っていかれる。それにあまり長居しては警官たちが様子を見にやってくるかもしれない。

呻きながらローグはその場にしゃがみ、片膝をついた。

（『これ』にキスするのか？　今ここで？）

間近で見るミゼリアの手は真っ白で、でもほんの少し、生き物らしく赤みがかっていて、艶やかだった。

（……捜査のためだ）

そう自分に言い聞かせる。これは必要なことだと。

しかしいくら言い聞かせても、納得はできそうになかった。

◇

怒りが頭を巡る。なぜ魔女に跪かなければならなかったのか。なぜ自分がそれをする羽目になったのか。原因となる魔女を睨みつけた。

「いやあ、いい顔だねえローグ君。やはり若者の苦悩は蜜の味だね」

目から涙をこぼすほどにミゼリアは笑っていた。ローグの肩をお疲れ様、とばかりに叩いてくるのでムカついて堪らない。

「絶対に後悔させてやる……」

「期待しているとも」

「くそ……というかお前だって若いだろうが。何が若者の苦悩だ」

「若く見えているなら何よりだね」

　それでローグは気づく。

（そうか……魔女は歳をとらなかったな）

「まあそんなことはどうでもいい。約束を果たしてあげよう。おいで」

　ミゼリアはスイッチを切ったように笑うのをやめ、壁の前に立った。

「『永遠の夜に残る死肉よ、塵となり消え失せろ』」

　詠唱により魔術を行使する。現象が反応し、作用する。ミゼリアの前にあった壁が光り輝き、光の放射が収まると、黒い泥のようなものが壁から流れ落ちてくる。泥が流れきると、そこには落書きの消えた壁があった。

「こんなものかな」

「……お前、子供程度の魔力しか使えないんじゃなかったのか？」

　魔力と魔術の関係は人形劇になぞらえられる。複数の〈人形〉に演技させるには、複数の〈手〉が必要になる。それと同じことだ。複雑な魔術を行うには、多くの魔力を込めなければならない。しかしミゼリアは子供並みの魔力でそれをやってみせたのだ。

「そりゃあ、私の魔力の扱いが優れているからさ。褒めてくれていいよ」

「……」

　どうでもいい戯言を尻目に壁を見つめる。

　壁には〈空間転移〉の刻印が刻まれていた。赤い線が幾何学的な模様を形作っており、その中にはローグの知らないものもあった。極めて精緻な刻印。が、しかし一部分に欠けがある。おそらく犯人が意図的にやったのだろう。これでは刻印も機能しない。

「……慎重な奴だ」

ローグは首を横に振った。

「……まあこの転移門が使えなくても良い。分析すれば行き先くらいはわかるはずだ」

「待てよローグ君。私が何者か忘れているのかい？　私は『魔女』だよ？　刻印の復元くらい行えるさ」

「本当か？」

見るとミゼリアが片眉をあげ、微笑んでいる。

「嘘吐いてどうするんだい？　このままやってしまおう。さあ『地脈の狭間に流れ、溢れよ血潮』！」

ミゼリアの言葉が作用する。壁の刻印が赤く染まり、まるで生きているように脈動し始める。

（今度は復元魔術か……簡単に使いやがって）

「これで跳べるようになったね。さ、犯人の顔でも拝みに行こうじゃないか」

「少し待て。応援を呼んでくる」

言うとミゼリアに手首を掴まれた。なぜ？

「つまらないことをするなよローグ君。私たち、二人で捕まえよう。そっちの方が面白いだろ?」

　嫌な予感がした。

　ミゼリアの笑みが深くなる。

「おま――」

　ローグが何か言う前に、ミゼリアが壁に向かって跳んだ。ローグの体も引っ張られ、次に目を開けると室内にいた。薄暗い。椅子とグレーのデスク。床には大量の段ボール箱。切れかけの蛍光灯がチカチカとしている。周囲の棚には見覚えがあり過ぎる『違法薬物』の瓶が所狭しと収まっており、そこら中から独特の臭いがした。

「なっ！　お前らどうやって!?」

　男がいた。ツナギ姿の肥満体。左手には瓶。

　お互いの視線が交差する。

　と、驚愕から何かを決断したように男の目が据わっていく。男は瓶を握ったまま、右手をポケットに突っ込む。引き出されたのは黒光りする拳銃だった。

　照準がローグの頭に合わされる。

　ローグはミゼリアへの怒りの言葉を噛み殺し、自分の手を握りしめた。

　パアン。

　炸裂音に合わせ、左に頭を振ると、背後にあった瓶が音を立て割れる。ローグは前方に踏み込んだ。ゼロ距離。肝臓に一発入れた。男の体がくの字に曲がり、声にならない声を上げる。そして、ぶるぶると細かく震え、天を仰いだ後、ローグの方にもたれかかってきた。急いで受け止めるも、がくんと膝が折れ曲がる。

「重――！」

気絶した男の全体重がローグにのしかかってくる。不自然な態勢で支えきれない。しかしいくら犯罪者相手とはいえ、地面に激突させる訳にはいかなかった。歯を食いしばりながら男を持ち上げ続けていると、魔女から声が飛んだ。

「おおーやるねえローグ君、巨漢を瞬殺とは。褒めてあげよう」

「お前！　見てないでこいつを床に下ろすの手伝え！」

「すまないね、私は非力なんだ。役に立てそうにない」

白々しい声が聞こえた。

「思ってもねえことを言うんじゃねえ！」

「本当にすまないと思ってるんだ。応援するから許してくれ。頑張れローグ君」

「くそったれがぁっ！」

腕と腿が悲鳴を上げるのを何とか耐え、男の背中を壁に預けさせる。ずるずるとローグはその場にへたり込んだ。

「はあ……はあ……」

「休憩している場合じゃないぞローグ君。せっかくの情報源だ。インタビューしなくては」

「手伝いもしなかったくせによく言うぜ……」

ローグは体を起こした。それから拳銃を回収し、安全を確保すると、目線を合わせ、男の頬を叩いた。

「おい、起きろ」

「……ああ」

男がうっすらと目を開ける。

「お前はこれからムショにぶち込まれるわけだが、その前に聞きたいことがある」ローグは言った。「クライムを殺ったのはお前か？」

男が目を逸らす。

「……黙秘する」

「時間稼ぎは無駄だぜ。現場からお前の所まで繋がってる刻印があるんだ」

「……」

ローグはため息を吐き、辺りを見回しながら、

「ここにあるヤクを押収したら、何年お前をムショにぶち込めると思う？　だが真実を話せば、多少は融通してやる」

「……俺は知らない」

ローグは立ち上がった。揺さぶってみても男の顔に後ろめたさが出てこない。――ということはこいつじゃない。

「誰かを庇っているのか？」

「っ！」

男の反応が目に見えて変わった。額からあぶら汗が滲み出ている。ローグはデスク側の椅子を指し、

「そこの椅子、お前が座るにはやけに低いな。来客でもあったのか？」

「……知らないと言っている」

「何人と手を組んだ？　女か？」

「……」

男は目線を下げ、口を閉ざした。

これ以上は時間の無駄だ。

快楽犯罪者は多少詰めれば、すぐに自白する。だが、誰かを庇うために行われる犯罪は別だった。そういう奴は材料を固め、時間をかけて追い込まなければならない。もう抵抗しようがない――そう思わせるところまで行かねば、自白をさせることはできないのだ。

「今度こそ手伝えよ。こいつを署に連行する。取調べはあそこで行う」

ローグは言った。男を立たせると壁に刻まれた刻印に向かう。が、背後の魔女は付いてこな

かった。

「おい、手伝えって言ってるだろうが」

「ふうむ、どうにも退屈だね」

「退屈だと？」

「もっと劇的に情報を得る手段があるだろう。たとえば拷問とか」

あっけらかんとした口調に眉が吊り上がるのを感じた。

「馬鹿言うな。そんなもの法律で禁止されている」

「法律ねえ、確かに大切だ。でもねローグ君」

と、魔女が人差し指を左右に振り、笑いながら言う。

「私がそれを守る必要はどこにもないんだよ。魔女だからね」

まるで敵意を感じさせず、釣られて笑ってしまいそうになるくらい朗らかな顔だった。薄暗いこの場に全くふさわしくない。しかし空気が変わったのが肌に伝わり、背筋が震え始めた。はっきりとした違いだ。自分の立っている場所がいつの間にか、処刑台の前に変わっているような、そんな飛躍を感じる。

魔女がしなやかな腕を天に掲げる。

そして、見せつけるように、

「さあ、ローグ君。人形劇の始まりだよ」

パチンと指を鳴らした。

「な、なんだこれは。何が起きてる！」

途端にローグの傍から悲鳴が聞こえ、振り向いた。

男の左腕がゆっくりと持ち上がっていくのが見えた。だがまるで見えない糸で吊っているかのようにぎこちない。操り人形のように、ぶらぶらと左右に揺れながら上昇していく。

「う、腕が！　お前たちが何かしたのか⁉」

男は右腕で左腕を押さえつけようとしているが、止まらない。それどころか――

「落ち着きたまえ、そんなに時間はかからないはずだよ。まあ君次第だけどね」

魔女の一声で右腕の動きもおかしくなった。

男の右腕は、顔の前まで持ち上げられた左手人差し指の爪を、先端から摘んだのだ。とても本人の意思でやっているようには見えない。嫌な予感が溢れ出す。

「お、おいやめろ！　まさか」

青ざめる男に魔女が言った。

「まずは爪を剝ぐつもりだ。自分でちゃんとできるね？」

「や、やめ――」

ぶちん。

音がはっきり聞こえた。

「────────────────」

声にならない叫び。

男の目が見開かれ、顔中に汗がびっしりと浮かんでいる。ただ爪を剝がされたのではない。自分自身で剝いだのだ。その痛みは想像すらしたくなかった。気がつけば、ローグは魔女の方を睨みつけていた。

「……これ以上やめろ。監獄に送り返すぞ」

「ふうん？」

男の方に向けられていたミゼリアの視線が、緩慢にローグへと移る。にこやかな顔は変わらない。

「あともう何度かやれば、情報を吐いてくれそうじゃないか。それなのにやめるというのかい？」

「……最初からそんなこと頼んでいない」

「その方が効率がいいのに？」

「……いいからやめろ」

「捜査官のプライドという奴かい？ ここには私たちしかいない。安心したまえ、君がそこの彼を犠牲にしてもバレやしないよ」

「……魔女の言うことは絶対聞かねぇ」

「ふむ」とミゼリアが顎に手を当て、

「どうしてもダメと言うのかい？」

「……許可なんてやるか」

「ということは、君は彼を助けたいということなのかい？」

指を鳴らす音が聞こえ、ミゼリアの声音が変わった。低く、重い声に。

「それでは君の望み通りにしてあげよう」

同時に、ローグの体が動かなくなっていた。頭からつま先まで完全に硬直している。目線もずらせない。唯一閉じた口の中で唾だけが飲み込めた。

（やられた）

魔術をかけられた気配などなかったはずだ。

一体どうやって。

思考を巡らせていると、男がうずくまりながら震えているのが見えた。それから、背後に気配を感じ、頭上から魔女の声が降ってきた。

「君がこれから受けるものはね、そこの彼が受けるはずだったものだよ。説明してあげようか」

先ほどとは打って変わって楽しげな声と共に、視界にノコギリが映る。

「これで腕と脚を一本ずつ落とし」

電動ドリルが映る。

「お腹に穴をいっぱいあけて」

手斧が映る。

「最後に頭を割るんだ。これを肩代わりできるなんて君はすごい奴だね」

メニューの内容を聞いていくうちに、現実味がなくなっていく。自分は今、夢を見ているのではないだろうか。しかし一方でローグの頭は正常に働いている。これは魔女が実際にやっていることで、魔術の一種だ。人間を人形にする魔術。〈人形鬼〉の代表的な魔術。

考えるほどに逃げ場がなくなっていく。

せめてもの抵抗に舌を嚙み切ろうと、口の中で、歯に舌を嚙ませた時、

「ダメじゃないか、私のお人形さんなんだから」

口の中すら支配された。

魔女がローグの肩に顎を乗せ、横目で顔を覗いていた。まるで心を読まれたかのような反応速度だった。

「ちゃんと全部やりきろうね？」

耳元で魔女はそう囁いた。

魔女の言葉により、自分の右腕が勝手に動き出す。押し付けられたノコギリの柄を握る。左腕の肘関節に刃先を当て、上下に激しく引き戻すとジャケットごとシャツが裂け、金属の冷たさを感じた。

刃が肌に触れている。

次の瞬間、赤いビーズが軽やかに噴き出した。止まらない。どこまでもビーズは噴き出して、雨のように降り注ぎ、床の上を跳ねていく。一つ一つのビーズがしゃかしゃかと音を鳴らすのを聞いているうちにその音が誰かの声に切り替わった。

「わかった頼む！　喋(しゃべ)るからやめてくれ！」

◇

「は………………？」

べったりと腹ばいになり、冷たい床に右頬がくっついていた。

「ああ、おはよう」

声がかかり、見上げる。たった今自分を殺した少女が、椅子の背もたれにしがみつきながら、キャスターを回し、髪を揺らしていた。

「随分長いお昼寝だったね。待ちくたびれたよ」

「な、何を言ってる」

急いで起き上がると、ミゼリアは椅子の回転を止めて、笑った。

「何って、夢だよ。君たちは私の用意した夢の中で楽しく遊んでいたってわけさ。安心したまえ、内容は同じだよ。不平等はいけないからね」

夢だと？

ローグは自分の四肢に触れる。痛くないし、傷もない。しかし先ほどまで感じていた苦痛は鮮明に覚えている。

あの体験が全て嘘だったというのか。

「はは。こうも驚いてもらえると嬉しいね」

「……何のためにこんなことをした？」

「そりゃあサプライズのためさ。面白かっただろう？」

笑う魔女を睨みつけ、端の方で転がっている男を見た。左手を抱き抱えるようにして押さえ、弱々しい声をあげていた。

「まあまあ、怖い顔はよしてくれよ。冗談さ。情報はちゃんと手に入れたよ」

「……あれ以上の拷問はやめろと言ったはずだ」

「拷問なんてとんでもない。夢だよ、ただの夢。それにね、これでも私は手加減したんだよ？」

「手加減だと？」

「そうだよ。そこの彼が降参したことに免じて、術を解除してあげたわけだけどね、でもそうしないことだってできたんだよ。さっきの術を続けて人格が崩壊するまで追い込んでも良かったし、このように別の術を――」

　とミゼリアが椅子から降り、うずくまっている男のこめかみに指で触れた。その途端、男が叫び出した。

「ま、待て！　喋（しゃべ）ると言っただろう！　約束が違う！」

「安心したまえ。ちょっとしたデモンストレーションさ」

「待て、ま、ぁぁぁああああああああ！」

　呆気（あっけ）に取（と）られるローグの前で、ミゼリアが男のこめかみから指を離す。すると男は叫ぶのをやめ、力が抜けたかのようにくずおれた。

「〈記憶解読（リーディング）〉だ。これは他人の人生を読み取れるんだけれど、欠点があってね。直接記憶を触ると混ざってしまってその記憶が壊れるんだよ。目隠ししてパズルをやっているようなものさ。まあ今くらいなら大して読み取れなかったし、意識を喪失するだけさ。でもそれ以上いくと、ね？　完全な人形の出来上がりさ。言いたいことはわかってもらえたかな？　――私は手段を選んだってことだよ」

「……」

言いようのない敗北感があった。そんなのは、まるでいつでも事件が解決できると言っているようなものではないか。

「どうする、ローグ君？　手段を選ばない方向で検討してみるかい？」

またもミゼリアはこちらを試すように、目を細めた。

「……やめろ。記憶が壊れるんだろ」

「おや、優しい」

「……うるせえ」

納得できない。

他人の苦痛などものともせずに、手段として『それ』を選んでしまう魔女に。そしてそんなものに一瞬でも恐怖してしまった自分自身に。

（畜生が）

そう魔女に吐き捨てながら意識を失った男を起こそうとすると、声が出た。

「な――」

男は爪を剝がされていなかった。

「……いつからだ。いつから夢だった」

呆然と呟く。

「君が法律のことを持ち出した時からだよ、寝坊助さん」

返事があった。

「……なんで」

「おや、そんなに彼の爪を剝がして欲しかったのかな？　君がそれを望むならやってあげてもいいけれど」

鳩尾を殴りつけられた感覚がした。

「……魔女め」

「魔女だねえ。……ところで私の楽しみの一つを知っているかい」

こちらからは返事をしない。

代わりに、肩越しに魔女の顔を見る。

「君みたいな人間が悪に堕ちる瞬間を見ることだよ。覚悟しておくんだねローグ君」

ゾッとするほど綺麗な顔だった。

◇

真っ暗な部屋に明かりが灯った。

外出から戻ってきた〈奪命者〉は今朝、捕まえたばかりの獲物を見つめた。異常はなさそうだった。部屋に誰か侵入した気配はない。

──もっともここは誰にも見つけることができないだろうが。

獲物はぐったりと疲弊した様子だが、〈奪命者〉を睨みつける目は変わらず反抗の意思を伝えて来ている。

それは良くないと〈奪命者〉は思う。何も敵対したいわけではないのだ。だから〈奪命者〉はこう言った。

「大丈夫さ、君は運がいい」

獲物が困惑したのが〈奪命者〉にはわかった。

「君には大事な役割があるんだ。世界を変えるための役割さ」

獲物の目に光が宿っていくのが見えた。おそらく助かると思ったのかもしれない。しかし勘違いされるのもまた良くない。〈奪命者〉は真実を伝えることにした。

「君の役割は老いることだ。枯れ果てて、命を散らすまで耐えることが、これから先の運命なんだよ」

再び獲物が呻いた。猿轡を嚙ませているにもかかわらず、耳に響くくらい声が聞こえた。

〈奪命者〉が手を伸ばす時も呻き続けていた。

二章　魔女に首輪は似合わない

連行した男の名はザック・ノル。職業〈売人〉――薬法をすり抜けることならお手のもの。

ザックは結局拷問で吐いたこと以上の内容は語らなかったものの、自分自身のことならボソボソと聞き取りづらい声で話した。

あの部屋では違法薬物の調剤をしていたこと。

自分は戦争帰りで雇ってくれる所はなく、仕方なくやっていたこと。

金がとにかく必要だということ。

被害者と面識はないということ。

〈空間転移〉の刻印については顧客がいたずらでやったかもしれないということ（これは苦し紛れの言い訳だろう。部屋の防犯対策は完璧だった）。

尋問は地域管轄の署で行い、情報を得た後は留置場にぶち込み、ローグたちは第六分署に戻って来た。昇降機が降下するのを待つ間、ミゼリアは手に入れた情報とやらを語った。

「ザック・ノルはねぇ、子供に声をかけられたと言ってたよ。そいつが自分に刻印だとか作らせたんだってさ。ちなみにその子供はザック・ノルが元軍人だということも知っていたらしい。彼が言うには、軍関係者の子供かもしれないってさ」

「軍属か……その線で洗ってみるか」

「当てはあるのかい？」

ローグは頷いた。現在、軍が問題を起こしたという話は聞かないし、情報統制もなされている。となると掘り下げるなら、もっと過去のことだ。

「……浄化戦争って知っているか？」

問うと、遠い目をしながらミゼリアが、

「浄化戦争か。そんなこともあったねぇ。歳をとるとどうにも覚えが悪い」

「何だよ老人みたいに。お前何歳だよ」

「千二百歳」

「……マジかよ」

ローグがあの戦争について知っていることはそれほど多くない。

世界中の民衆に魔術が広まった初頭である。

それは宗教国家セグメドが発端だった。「魔術は偉大な神からの贈り物なのだから、下等階級が使用するなど断じて許されることではない」と、セグメドはそれを口実に隣国へと戦争をしかけたのだ。

皇国の『二大貴族』は隣国に自国の兵を救援として送り、セグメドを滅ぼした。その際、『二大貴族』は過度な軍事介入をしたとされ、他国からも自国からも非難を受けたのだった。

そのような経緯があり、浄化戦争に参加した部隊は戦争の終結と共に解体され、戦争参加者のデータは個人情報保護のため全て破棄されていた。捜査官であれ彼らの情報を入手することはできない。

「着いたよ」

ミゼリアが言うと昇降機のドアが開く。

光が広がった先にリコが出待ちしており、ローグたちの姿を認めると、

「おかえりなさいローグ捜査官、ミゼリア」

そう言われてホッとしたのは初めてだった。妙な気持ちだ。自分は今、帰ってきたのだという実感がある。

ローグをそんな気持ちにさせた張本人は、呑気にリコへ声をかけている。

「やありリコ、元気にしてたかい」

「そうでもありません」

「ふうん？」

と、リコがホールへ手を向けた。

「魔女の皆様のお世話をしていましたので」

確かにリコの言う通りだ。ローグの視線の先には、だらけきった魔女たちの姿がある。いかにも自由時間といった感じで、トランプをやっていたり何か食べていたりしている。喋り声もいくつか聞こえた。

だがローグたちがホール中央に足を踏み入れると、それら全ての音が止まった。

見られていた。

無表情に、しかしまるで招かれざる客がやってきたかのように目で問いかけていた。

なぜ無事なのかと。

空気が張り詰めていく。自分の肌が粟立つように感じる。十秒前まで安堵すらしていたというのに、一瞬で状況が変わってしまった。

「おやおや、皆どうしたんだい？　そんな顔して」

隣のミゼリアが不思議そうに言った。もちろんわざとだろう。他の魔女が反応しないかひやひやしていると、ついに上から声がした。

「なんでそいつを殺してこなかったんだって思ってるからだよ！」

見上げるとフェンスを飛び越える影があった。宙で何回転もしながら影はローグとミゼリアの前に着地する。何メートルもの高さからだというのにバランスをほとんど崩さなかった。

少女だった。

肩にスタッズのあるジャケットを羽織っており、サングラスまでかけている。しかし上背はなく、ローグより頭ひとつ分低い。ともすれば子供がごっこ遊びをしているようにも見えた。

もちろん首にはミゼリアと同じく〈首輪〉が付いている。

――こんな少女も魔女なのか？

そう思っていると、ミゼリアがにこやかに口火を切った。

「やあフマフ。気分はどうかな？」

「おいてめえ……なんで新人殺してねえんだ？　あたしが『死ぬ方』に賭けてたの知ってたよな？」

サングラスの少女がドスの利いた声を出すもミゼリアは、

「そうだったかな。歳(とし)のせいか覚えが悪くてね」

「てめえっ！」

サングラスの少女がミゼリアの首を右手で摑(つか)んだかと思うと、そのまま宙に持ち上げた。信じられない怪力だった。さほど力を込めているようにも見えないのに、ミゼリアの脚が完全に浮いてしまっている。

「フマフ。すぐ怒るのは君の悪い癖だね」

脚をばたつかせながらミゼリアが言う。

「人をイラつかせるようなことを言うのもてめぇの悪い癖だな。そのほっそい首へし折ってやる」

と、不意にミゼリアがローグにウインクをしてきた。それははっきりとサングラスの少女に見られていた。

「なんだ今の？」

サングラスの少女が声を上げるとミゼリアがさも自慢げに、

「短時間ではあるが、ローグ君とは友情を結んでね。私の代わりに悪い子を叱ってくれるんだよ」

「へぇ……そうかよ……」

サングラスの少女の声が低くなっていく。鋭く尖った犬歯を剝き出しにローグを睨む。

（あの野郎！　俺を巻き込みやがった！）

「てめぇから先に死んどくか」

軽々しく放たれたその一言は自身を縛る〈首輪〉の存在を忘れているとしか思えなかった。

思考がおかしい。人を殺したら自分も即死するのに、なぜそんなことを言えるのか。

説得が通じない以上、覚悟を決めるしかない。

「……そいつから手を離せ」

睨み返してやる。よくよく考えれば、このようなチンピラじみた輩ならいくらでも関わってきた。魔女の肩書きがあろうがどうした。それに同じ魔女であるのに、ミゼリアと比べたら全然怖くない。

「てめえ……あたしにガン付けやがったなぁ？」

ずいと少女――フマフがローグに近づいた。頭に血が上っているのか右手のことを気にしていないようで、ミゼリアが放り出されるのが見えた。

フマフが両手を服の隙間に差し込んだ。そして両手が引き出されると、その手には二本の果物ナイフが握られていた。

「やっすい武器が好きでよぉ。こんなので何百も殺してきたんだぜ。てめえも安物の切れ味、味わってみろよ」

フマフが丸テーブルにナイフを向けると、

「〈機関〉」

そう唱えた。

次の瞬間、銀閃が煌めき、テーブルの足が残らず切断されていた。テーブルが落下し鼓膜を

震わせる。動きが速すぎて碌に見えなかった。が、フマフの手元に戻ってきたナイフを見て、ローグは理解した。

二本の果物ナイフはフマフの手の上数センチで、浮遊していた。それらが蜻蛉のごとく精緻に動き、テーブルの足を切断したのだ。

物体の操作魔術——これほどのものは初めて見た。理性が今すぐ逃げろと赤信号を灯している。背後に目をやるが、扉は閉ざされたままだ。

「くそっ」

フマフがゆらりとローグに向き合う。

ミゼリアは見ているだけ。リコは戦えそうにない。助けてくれる者ゼロ。

拳を構える。

(やるしかねえのか……!)

歩きながらフマフが言う。

「安物の切れ味……味わってみろよ」

「あ?」

「てめえも安物の切れ味……味わってみろよ」

「だからそれは聞いたって——」

「安物の切れふぁふぃ……ふぁあ」

何か様子がおかしい。しきりにあくびをしている。

「やふもの……ふぃれふぁひ……」

その時、目を掻こうとしたのかサングラスにフマフの手が当たった。床にサングラスが落ち、彼女の目が露出した。

どこかのお嬢様のようなおっとりとした目だった。あくび交じりに涙を浮かべ、充血し真っ赤だ。まるで慣れない夜更かしをした日のようだった。

ローグは唖然としながら言った。

「お前、眠いのか？」

「うるふぇあたひぃはぁ」

ナイフが繰り出されるが、亀よりも遅く簡単に避けられる。不安定な軌道を描き、ナイフはそのまま明後日の方向に飛んでいき、フマフも「ああー」と前に倒れていく。別に助ける義理はないのだが、ローグは一応彼女を受け止めた。

「ね、ねむい……」

「何だこいつ……」

腕に抱いたままそう呟くと、リコの声がした。

「フマフ——貴族評議会による彼女の識別名は〈不眠獣〉。七番目の魔女です。人を殺さないと眠れない体質で、監獄に収監されてからは、慢性的に睡眠不足なんです」

見ると、フマフはとんでもなく眠そうに「ふぁ……ふぁ」と言っているが、瞼が閉じかけるとすぐパッと開く。ローグの腕の中でそれをずっと繰り返している。

「おい、邪魔だぞ」

「ねむい……ねる」

「俺はお前の枕じゃねえ。さっさと俺のところからどけ」

「いやだぁここでねむるのぉ……」

フマフはローグにしがみつき首を振った。

リコがホッとした声を出し、

「イヤイヤ期に入りましたね。今のうちに引き剝がしましょう」

慣れた手つきでローグからフマフを受け取ると、床に引きずっていく。

思わず感嘆の声が出た。

「……リコさんよくこんなところで働いてるな。尊敬するよ」

「ご理解いただけたようで何よりです」

リコは一ミリほど口角を上げたように見えた。それから一礼するとフマフをホールの奥に連れて行く。彼女たちの姿が消えるのをぼんやり見届けると、奴への怒りが再燃してきた。

「……よくも俺を巻き込んだな」

自分でも驚くくらい刺々しい声だった。投げ飛ばされた姿勢のまま転がっている奴が答える。

「いやあ申し訳ない。でも、ローグ君頼りになるなあ。かっこよかったよ」

「思ってもないことを言うな」

「思ってるよ。すごく思ってる。いやあ、フマフから助けてくれた時のローグ君カッコ良すぎたなあ。街に出て自慢してきたいなあ。うちのローグ君がかっこよすぎるんですって」

「馬鹿にしやがって。あの魔女にお得意の夢でもなんでも見せて、一人で助かってれば良かったじゃないかよ」

「ふむ、それは難しい提案だ」

そこでミゼリアが体を起こし、立ち上がった。ローグの方へ歩いてくる。まじめ腐った顔を作っているので、思わず面食らった。

「……何が難しい提案なんだ」

「何って、そりゃ首輪の制限があるからねえ。あんな魔術、短い時間でしか使えないよ。首を摑(つか)まれた時点で私の負けさ」

「……じゃあなんで喧嘩(けんか)売ったんだよ」

「面白いから、かな？　でも今回は行けると思ったんだよ」

と、ミゼリアがなぜか照れたように歯を見せた。

「今回はって……お前何度もこんなことやってるのか？」

「両手両足の指では数えきれないほどにね」

ため息が出る。

心の底から呆れた。

「……お前に学習能力はないのか」

「喉元過ぎれば熱さを忘れるというじゃないか。過ぎ去った過去に思いを馳せるのは馬鹿のすることだよ」

「自分のこと言ってんだよなそれ？」

その時ドサッと物が落ちる音がし、

「あ、あなたどうしてミゼリアと喋れてるの？」

妙に慌てた声が間に入ってきた。

「……は？」

会話に割り込まれ、振り向くと、いつの間にか新たな少女がいた。くすんだ茶色の髪にシスター服を着ている。ローグへ指した指をプルプルと震わせている。足元には先ほど落としたと思われる本が落ちていた。

「だ、大丈夫なんですか？　怪我は？　頭は何かされました？」

少女は一見するとこの場所には相応しくないように見えた。視線はあっちこっちに動き、耳は真っ赤——魔女としての自信も誇りもどこにもなさそうだった。反応に迷い、ローグ自身も歯切れ悪く、

「まあ怪我は特にないが……」

そう言ったものの、少女は狼狽したままで、ローグの声が届いているかも怪しかった。

「おやおや、先に名前を言わないと誰だかわからないよ。ほら例のアレもつけて」

しかしミゼリアがニヤニヤしながらそう言うと、

「そ、そうですわたしは――」

少女はいきなり腰に左手を当て、右手を突き出した。手袋に包まれた指が目の辺りでピースの形を作っている。

「わたしは〈聖女〉カトリーヌ！　三番目の魔女にしてその斬首期限は三千八百年！　恐れ慄いてくださいローグ・マカベスタ！」

「あー……」

どう反応すればいいのかわからない。何せやっている本人が恥ずかしがっていた。翡翠の瞳は涙を浮かべかけているし、白い肌はお湯に浸かっているかのごとく赤くなっている。ポーズをとったまま小刻みに震えていた。

自信を持ってやってくれるならともかく、中途半端に決めポーズを決められてはローグとしても擁護しようがなかった。

「ろ、ローグ捜査官⁉　わ、わたしは〈聖女〉カトリーヌ！　三番目の魔女にしてその斬首期限は三千八百年！」

聞こえていないかと思ったのか〈聖女〉カトリーヌが同じくだりを繰り返す。

「……もういいぞ」

空調の風が緩やかに吹いていく。

「あ、そ、そう」

腕を下ろしカトリーヌは俯く。そして上目遣いでローグの側にいるミゼリアを睨む。

「……ミゼリア」

「おや、どうしたんだい？　そんな毒でも盛られたみたいな顔して」

「あなたが騙したからじゃありませんか！」

「騙した？　人聞きの悪いことを言うねえ。私は今のポーズを決めれば新入りが君にびびってくれる……かもしれないと言っただけだよ」

「あなたのせいでわたしはぁっ……わたしはぁっ」

「よかったじゃないか。自己紹介する手間が省けて――ローグ君。カトリーヌはこんな奴だよ。さあもう行こう」

「待ってローグ捜査官！　わたしはこんな感じじゃないんです！　もっと有能な感じです！」

カトリーヌが縋り付くような勢いで言った。

「いいやあんな感じさ。昔はブイブイ言わせていたそうだが、今はすっかり落ちぶれてしまったそうだ。やれやれ……時の流れとは残酷だ」

ミゼリアが残念そうに首を振る。

「あなたは黙っててくださいミゼリア！」とカトリーヌが言った。「ローグ捜査官！　わたしは捜査に参加したいんです！　情報を教えてもらえますか！」

「はあ……じゃあ行くぞ」

ローグはため息を吐いた。

「そんな……」

カトリーヌが絶望したような顔になる。

「ああ、彼女に構っていたら日が暮れてしまう」とミゼリアが肩をすくめた。

「お前じゃねえよ」

「え」

ミゼリアがキョトンとした顔をした。初めて見た顔だった。

ざまあみろと思いつつローグは、カトリーヌに言った。

「こいつのいないところで話をしよう。情報交換をしたい」

「ろ、ローグ捜査官！」

カトリーヌがキラキラと目を輝かせた。するとミゼリアが、

「どうして私が除け者なんだい⁉　おかしいだろう！　断固抗議する！」

「何が抗議だ！　お前がいたらいつまで経っても話が進まねえだろうが！　どうしてお前はそ

う他人をからかうんだよ！」

　ミゼリアは白銀の髪をかきあげ自信満々に、

「仕方がないだろう！　他人をからかうのは私の生きがいだ」

「そんな生きがい捨てちまえ」

「なってない……なってないよローグ君。人生とはえてして他人が自分を脅かし――」

「行きましょう！　ローグ捜査官」

「行くか」

「ローグ君!?」

◇

　適当な、机のある空き部屋に移動した。ミゼリアは途中までしつこく付いてきたが、抗議を徹底的に無視すると膨れた顔で帰っていった。どうせふりだろうが。

「あ、ありがとう捜査官。助かりました」

　カトリーヌが申し訳なさそうに言った。

翡翠(ひすい)の瞳に整った顔つきは見るものに畏怖の念を抱かせそうだが、へにょりとした下がった眉が印象を台無しにしている。首元の首輪は内気な女子がパンクバンドに憧れてうっかり付けたという感じにすら見える。

「あの人苦手なんです。いつもわたしをからかってくるし」

「心の底から同情するよ。俺もあいつのことは許せねぇ」

ローグはそう言った。

「は、はあ……そうなんですか？」

「まあ、あいつのことで時間を食うのももったいない。話を進めよう。これが捜査資料だ」

と言って端末から印刷した資料を机に広げる。

「……なるほど」

真剣な顔つきでカトリーヌは資料を眺める。

「前任者の時も捜査に参加していたのか？」

「……」

「聞いてるか」

「聞いてますよぉぉ」

カトリーヌは突然涙を流し始めた。

「お、おい……どうしたんだよ？」

「だって、だって」とカトリーヌはしゃくり上げる。「前任の人はすごいいい人だったんです。でもミゼリアが自殺させちゃって……仲良くなったと思ったのに……うう」

「す、すまん、悪いこと聞いた」

「いいんです、気にしないでください」とカトリーヌが言う。「あ、そういえば借りた本返せなかった……うううう」

「いや気にするだろ！」

突っ込まずにはいられなかった。

と、話がそれた。ローグは咳払いをし、

「で、お前は捜査に協力してくれるってことでいいんだな？　他の連中はどうやら俺と関わりたくもないようだが」

「もちろんです」

カトリーヌがハンカチで顔を拭った。

「こんな残酷な犯人、野放しにしておけません」

気弱そうな眼差しが消えていた。純粋に事件の解決を望んでいるように見えた。

だが。

「……それは本気なのか？」

ローグは言った。

「本気って？」

「残酷な犯人云々のところだ。お前が何をやったのかは知らないが――あの馬鹿は人間に危害を加えたくて仕方がないって感じだったぜ。他の連中もだ。協力してくれる分には構わない。だが、捜査にかこつけて自分の欲望を満たすことを目標にされちまったら困る」

返答を待つ。自分は違うと怒るか、さっきみたいに泣くのか、それとも――魔女としての本性を見せるのか。十秒ほど待った頃だろうか、カトリーヌが突然目を細めた。

「あなたっていい人ですよね」

「意味がわからん」

「だってわざわざ確認してくれたじゃないですか。普通、魔女にそんなこと訊きません」

「……別にそれで『いい人』とはならないだろ」

「いい人です。わたしにはわかります！」

ローグは微かに動揺した。

ミゼリアや他の魔女は他人のことなど知ったことか、とでもいうような態度だった。だがカトリーヌはどうだ。まるで人畜無害ではないか。

（いや……流石にそう考えるのはまずい）

ここにいるのは全員魔女だ。

人畜無害な魔女などあり得ない。あって良いはずがない。魔女なんてものは皆、人間に害を与えるのだ。

　ローグは言った。

「なあ？　ここから出たいって考えないのか？」

「考えます。アンデワースに収監されていた時も考えていたし、ここでも毎晩考えます」

（ほらみろ。結局外に行きたいだけなんだよ）

　カトリーヌは眉を下げて、

「ねえ捜査官……知ってますか？　捜査で活躍すれば魔女には恩赦が与えられるんです」

　魔女といえどタダ働きではないということか。

「どんなものが与えられるんだ？」

「ぬいぐるみとか本とか……あ！　あとディナーが豪華になったり」

「何というか搾取されてる感じがするんだが」

「そんなことないです！　金曜日にはテレビが観れるんですよ！」

「……」

「望みも叶えてくれます。たとえば――ここから解放されるとか」

「そんなことが可能なのか！」

　唐突に爆弾を突っ込まれ、流石に声が出た。カトリーヌが苦笑する。

「ほとんど無理ですよ。あのミゼリアでさえ解放はされてないです。唯一手段があるとすれば国を救う程の功績をあげることです。そこまでしてやっと『二大貴族』が動いてくれると思います」

「皇国に留まれるってわけでもないんだろ？」

「ええ。国外追放という形になります。目隠しされて知らない国にポイです。もちろん〈首輪〉を付けたまま無一文で」

「世知辛いな」

「当然です。魔女に対しては何をしても許されます。だって魔女は悪人なんですから」

「……自分もそうだって言いたいわけか」

カトリーヌがこくりと頷いた。

「……わたし、これでも昔は人の役に立とうとしていたんです。皇国中の困ってる人を魔術で助けてあげていました、でも……」

ローグは黙って先を促した。

「ある時失敗しちゃったんです。大勢いました。何万人いたかもわからないです。そんな場所で魔術が……」

喉から搾り出すような声が聞こえる。

カトリーヌはローグから顔を背けた。

「ごめんなさい……余計な話をしてしまって……そんな時間はないんですよね？」

「……ああ」

嘘なのか本当なのか、どちらであるとも決められなかった。考えてしまったのだ。魔女に認定されるのが残忍な悪党だけなのかを。

カトリーヌのように偶発的な事故で皇国に損害を与えた場合、そのものの善悪などは無視されるのではないか。

あの性格が捻じ曲がってる魔女みたいなのの方がよっぽどやりやすい。悪であると決めてかかる方がまだマシだ。

「ローグ捜査官、これから軍人を中心に聞き込んでみます。その……話を聞いてくれてありがとう……」

カトリーヌが言った。その言葉を聞いた瞬間、ローグは自分でも信じられない選択をした。

「あー、軍人関係なら三区の『ポップマート』ってところのダニエルが詳しく知ってる。覗き魔みたいな奴で軍の不祥事を集めるのが趣味なんだ。俺から命令されてきたって言えば素直に吐いてくれると思う」

「……え？」

カトリーヌはパチパチと瞬きをし、ローグを見てくる。

ローグは俺は馬鹿か、と自分を罵った。魔女に、犯罪者に捜査官の情報源を教えるなんてあり得ない。だが、教えてしまった。

(何てことを……)

「あー……あれだよ、あれ。ほら、手分けして探さないと時間の無駄だろ？　俺は別の情報屋に裏を——」

「捜査官！」

抱きしめられた。

意外に着痩せするみたいで、ふんわりとしつつ重量のある感触が伝わってきた。

「……っ！」

思考が鈍化する。伝わる感触に全てが支配される。今、何がローグにくっついている？

「……は」

「は？　ってどうしました？　あれっ真っ赤ですよ？」

「はっ離れっ」

「はなげ？　いきなり何を？」

声を聞き取ろうとしたのかローグの口元に、カトリーヌは自分の耳を寄せた。髪の生え際がはっきりと見える。あと石鹸の香りが……。

ローグの健闘虚しく、離されたのは一分経った後だった。

◇

ローグのもとにミゼリアがやって来たのはそのさらに五分後だった。ミゼリアはドアを開けるなり、ぴたりと止まって、クンクンと犬のように鼻を鳴らすと、呟いた。

「やれやれ困ったな」

「……何の話だ？」

疲れ果てた声でローグは言った。

「ふむ、こちらの事情だよ。私にも色々あるのでね」とミゼリアは言った。「さてローグ君！邪魔者も消えたし捜査再開だね！」

「……お前とはもうごめんだ」

「私がローグ君を休ませるわけないだろ？　短い付き合いでも、わかってもらえたと思ったんだけどねえ」

「おい魔女。人はそう簡単にはわかり合えないんだぞ」

「じゃあこっちも努力をしようじゃないか。仲良くしよう」

「うるせえ黙れ」

「突っ込みがいささか乱暴じゃないかいローグ君⁉」

少し胸がスッとした。ざまあみろ。

ミゼリアは自分の髪を指に巻きつけ、いじけた様子で言った。

「ザック・ノルのところで押収した薬の解析が出たってさ」

「早くないか？」ローグは言った。「ここに科捜研の連中がいるわけでもないだろ。誰がやったんだよ」

「もちろん私たち、魔女だよ」

「……まさかお前、証拠品を盗んだのか？」

「失敬な。少々拝借しただけだよ。ちょっとくらい減ったって問題ないだろう」

「大ありに決まってるだろ！」

「警察に任せては早期解決は望めないよ」とミゼリアが排気口に向かって言った。「おーいアンジェネ。出番だよー」

ローグは顔を上げ、身構えた。

「……まさかそこから出てくるのか？」

「呼んだ？」

耳元で囁かれ、ローグは叫んだ。

「おお⁉」

　振り返ると背中にピッタリと少女がくっ付いていた。

　ローグは飛び跳ねるようにその場を離れ、改めて少女を見た。かなりの長身で見上げなければならなかった。ローブを羽織り、右目は前髪で隠れている。柳のような佇(たたず)まいと相まって幽霊のような印象があった。

　ミゼリアが説明する。

「〈仕事人〉アンジェネ。爆弾製造、毒殺、検死、ハッキング、その他色々趣味でこなす。ここでは概(おおむ)ね、鑑識の役割だ。貴族評議会によれば番号は一番目だね」

「今、何でわざわざ驚かした！」

「ふふふふ、ミゼリア、この人うるさいわ」

「ねー」

「はっ倒すぞ」

　ローグが睨(にら)みつけるとミゼリアは「ふーん、君にやれるものならやってみろよーほれえほれえ」と言う。手が出そうになるのを意志の力で抑え、ローグは新たに現れた魔女に訊(たず)ねた。

「……解析結果は？」

「うふふふふ、筋強化薬に魔力強化剤、鎮痛剤とその他色々なのがブレンドされたスペシャルドリンク。飲めば一週間は不眠不休で動ける代物ね。それにしてもスーパーヒーローでも作りたいのかってくらいの気合いの入れ方だったわ、うふふふふふ」

柳のような長身を折り曲げ、アンジェネが笑った。

「スーパーヒーローを作る薬か……いかにも次の犯罪の準備をしてるって感じだな」

ローグの言葉にミゼリアが頷く。

「だろうね。むしろ今までは単なる練習だったのかもしれない。自分の魔術の犠牲者をあんな風に、路地裏に捨てておくかい？　飾り方も凝っていない以上、彼らは犯人にとってその程度の価値だったんだろうね」

不愉快な推測だがミゼリアの言っていることは的を射ている。

犯人が自分の足取りを隠す手間と比べて、被害者の隠蔽が雑なのだ。むしろ発見されて欲しいとさえ思っているかもしれない。ローグはアンジェネに問う。

「ザック・ノルは他に、その薬を用意していたか？」

「してないわ。海外から取り寄せた材料もあったけど、サーバーをハックして購入履歴を見ても、これが初ね。うふ、お友達のためだけに調合してあげたって感じ。うふふふふ、友情ね」

そう言いながら、アンジェネが背を向ける。ヒールのある靴にもかかわらず、音もなく歩き、ドアノブに手をかけた。

「どこへ行くんだ？」

「帰るわ、仕事は終わったもの。ふふ。あとはそっちで頑張ってね、うふふふふ」

　不気味な声とともにドアが閉じた。

　魔女にしては随分とあっさりしている。拍子抜けしているとミゼリアが言った。

「彼女はいつも部屋に閉じこもってるんだ。魔術の研究をしているらしい」

「研究って……そんなことさせといて大丈夫なのか？」

「さあ？　大丈夫じゃないかな？」

「お前に聞いた俺が馬鹿だった……」

　少なくとも〈首輪〉がある以上は抑え込める……そのはずだ。

　不安を抱きながら、ミゼリアから目を離すと資料を今一度確認した。ザック・ノルは三日後に留置場から身柄が解放されることになっている。起訴するかどうかはまだ保留だ。〈奪命者〉の情報を握っていることは間違いないし、見逃した方が利用価値がある。問題はどう追い込んでいくかだ。

　留置場で撮影した不機嫌そうな面の男を見ていると、ミゼリアが身を乗り出して覗いてきた。

「やはり拷問が一番手っ取り早く済むんじゃないかい？　何せ一度は成功しているんだ」

「……そんなことはさせねえ」

「では代案でも？」

「たかが友達のために命を張るような奴だ。どうせ〈記憶解読〉への対策もしている。地道に脚を使うしかねえ」

ミゼリアはニコニコしている。そんなにローグが詰まっているのを見たいのか。

「そういうことにしといてあげるよローグ君」

言い方に悪意を感じる。ローグは舌打ちをした。

「しかし友達をたかがなどと言ってはいけないなあ。友達は作った方がいいに決まってるよ。いざというときに無償で動いてくれて、とても役に立つんだ」

「それ友達じゃないだろ」

「友情は双方向とは限らないんだよ」

「なおさら最低じゃないか」

ローグはため息を吐く。こいつと話していると酷く疲れる。

「行くぞ。ザック・ノルのお友達とやらを捜す」

「了解マイフレンド」

友達なわけあるか。

◇

五区にある、クラブ『ウェスト』は、ミヒャエルという小悪党が裏で仕切っていて、ローグともそこそこ付き合いが長かった。ミヒャエルは小悪党なだけあって、危険な人物の目利き(めき)に優れており、少しでも危ないと感じればすぐに低姿勢になる『長い物には巻かれろ』を地で行く人物であった。

重低音が耳に響く中、ローグとミゼリアは、ガードマンに二階のＶＩＰルームへと案内される。

ＶＩＰルームはガラス張りで、盛り上がる客たちの姿がよく見えた。

「踊りなんて何が楽しいのかわからん」

「へっへ、ローグさん。あの人たちは場の空気に酔ってるんです。酔えさえすれば何だって楽しいんですよ」

ミヒャエルが口を開くと、金歯が輝いた。犬歯の位置にインプラントされている。大物を気取っているみたいにソファで脚を組んでいる。

「お連れの方と一緒に、お座りになられたらいかがです？　飲み物もありますよ」

ミゼリアに値踏みをするような視線を向け、ミヒャエルは言った。

黒服がテーブルにグラスを運んでくるがローグは、

「結構だ。お前も暇じゃねえだろうから、とっとと行くぞ。ザック・ノルと関わりのある元軍人に心当たりはあるか？」

「へえ……彼と」

「有名人らしいな。もっと言えば子供がいる奴だ。で？　どうなんだ」

「ローグさん、うちは最近景気が悪くてですね――」

「どこがだ？　いいからとっとと話せ。お前とは何も取引するつもりはない」

「へっへ。血塗れのローグは健在なようで」

「わかってるなら、話せよ。余計な駆け引きはいらねえぞ」

ミヒャエルのような相手には話をさせないに限る。小悪党といってもそれは身の振り方の話で、奴らは自分の利になるように話を持っていく専門家なのだ。権力と暴力を振りかざすのが一番手っ取り早い。

「そうですねえ。部下から聞いた話でよければ」

「話せ」

「そいつも元軍属なんですが、ザック・ノルと同期だったそうで、売人に転向した彼のことをよく口にしてましたよ。生真面目だったから意外だったと」

「俺も意外だよ。で、そいつの名前は？」

ミヒャエルは肩をすくめた。

「先月辞めましたよ。田舎に帰るって」

「どこにだ？　子供はいるのか？」

「いたとは聞いてませんね。そいつが引っ越しでもしてなければ、海の向こうのハルビンって島にいますよ。知ってますか？」

「いいや。今も連絡は取れるか？」

「残念ながら」ミヒャエルは言った。

「辞めた後の面倒まで見る義理はねえんです」

「ミヒャエル。俺たちの方で面倒が起こった時は、またお前の所に戻ってくるぞ」

「へっへ、隠し立てなんてしてませんよ。うちみたいな泡沫な店は捜査官様のお目溢しで生きてられるんだから」

「そうか、いい心掛けだ。で、そいつの名前は？　顔写真なんかもあれば寄越せ」

ミヒャエルはガードマンに声をかけた。ガードマンは部屋から出ると紙を片手にすぐに戻って来た。

「店員の管理名簿です」とミヒャエルはニヤつきながら言った。「ローグさん、うちはやましいことなんて何もないんですよ」

「今後次第だな」ざっと眺める。

「コピーを取らせましょうか？」

「いらん」

ミヒャエルがミゼリアに目を向ける。「ところでそちらのお方は？」

「お前が知る必要ない」

「へえ……そうですか」

と言いつつもミヒャエルは薄汚い目で彼女を見ていた。ミゼリアは微笑みかける。

「邪魔したな」

「もうお帰りになられるので？」

「そうだよ。『やましいことがないんでな』」


店を出ると、外は暗く、澱んだ空に月が浮かんでいる。車に乗り込み、駐車場を出る直前になりミゼリアが言った。

「ローグ君、さっきのはだいぶ捜査官らしかったじゃないか。迫力あったよ」

「うるせえ」

「しかしねえ……」とミゼリアが言った。「振り出しに戻ってしまったようだね」

「……ああ」

海外にいるのでは手の出しようがない。そして、捜査が振り出しに戻るのはそれだけが理由ではなかった。

「〈奪命者〉が軍人の子供って線はないかもしれないな」

「おや、私も言おうと思っていたところだったのだけど」

ミゼリアが少し驚いたように言う。

「理由を聞いても？」

「別にミヒャエルの話がきっかけって訳じゃない。過去にも似たようなことがあったのを思い出しただけだ。俺が捕まえた〈二番目のアレン〉って奴は変身魔術の使い手だった。そいつはアレンという別人に化けて捜査を攪乱していた。刻印を自分の歯に刻んでいたから、魔術を使っていることすらわからなかったんだ」

「体内に刻印を刻むのは常套手段だね。それにしても歯か。どうやったんだい？」

「レーザーで刻んだんだ。奴と手を組んでる機材屋がいた」

「現代技術は進歩しているんだねえ」感慨深そうにミゼリアが言う。「で、〈奪命者〉もそうだと？」

「ああ。奴は被害者を赤ん坊にしたり老人にしたりして殺していた。年齢を操る魔術を使っているのは間違いない。ということは」

「自分自身の年齢を逆行させて、子供に見せかけていたと？」

「そうだ。ザック・ノルがこのことを隠しているか、あるいは知らなかったかはわからないがそういうことだろう」

パチパチとミゼリアが拍手した。「おおむね私の見立てと合っているね。すごいぞローグ君」

「うるせぇ」

「まあまあ。良い子良い子してあげよっか？」

「いらん。そんなことより、これからどうするかを考えろよ」

「ふうむ。そのことだけどねぇ」

「なんだよ」

「さっきはああは言ったが、完全に振り出しに戻ったというわけではないかもしれないよ」

赤信号で停止する。目の前を老女がのろのろと通過していく。

「どういうことだ？」

「〈奪命者〉はなぜ子供になっているのだろう？　子供が関わっていると見せかけるよりも、市内の平均男性に合わせた変身をした方が捜査を攪乱できるのではないかい？」

「それはそうだが……」

「知りたいかい？　ねえ？　ねえ？」

何かを求めるようなキラキラした目でミゼリアが見つめてくる。

「運転中だ。さっさと言え」

信号が青になり、急発進する。ミゼリアが前につんのめり、「ぐえっ」と言った。ざまあみろ。

体を起こしたミゼリアは重々しい様子で言った。

「……私は攪乱の他にもう一つ、目的があると考えた。それは迎撃だ」

「迎撃？」

「自身を追う者を狩るために、偽の情報をばら撒いて、敢えて子供という存在をちらつかせたんだ。〈奪命者〉からしてみれば我々は実にわかりやすい。軍人の家族関係を聞き込んでいる者＝捜査官だからね。見つけたら始末してしまえばいい」

「捜査官に闘いを挑む気かよ」

「そのつもりだろうね」

にわかには信じ難い話だった。犯罪者が捜査官狩りを行うという話は例がない。もし、そうなれば国中の捜査官がそいつを追い回す。自殺志願者としか思えなかった。

「構うものかよ。来るなら来い」

「頼もしい限りだよ」

ミゼリアが言うと、助手席でシャドーを始めた。

「茶化すんじゃねえ」

「見たまえ。私も中々の腕前だと思わないかい？」

「全く思わん。車が揺れるからやめろ」

「つまらないねえ。会話を楽しもうという気はないのかい」

「十分付き合ってやっただろうが……」

「私には足りないなあ。声が嗄れるまで楽しもうよ」

「一人で喋れよ。得意だろそういうの」

「いかにも！　私は一人でだって永遠に喋っていられるけどね」

ミゼリアがローグの耳元へ口を寄せた。

「その場合はこのように独り言を、ずうっと君の耳元でやることになるがいいかい？」

「何を――」

温かい息が耳に伝わり、
その直後、ミゼリアのうわ言が呪文のようにぶつぶつと繰り出された。こそばゆさのあまり、全身に鳥肌が立ち、頬が熱くなった。しかもそれだけではなかった。内容があまりにもくだらなかった。驚くべきほど無価値なその内容を聞くうちに、意識も朦朧としてきた。黒目がぐるりと上を向きかけたところで、ローグはミゼリアを肩で押し退け、

「わかったわかった！　付き合ってやるからそれをやめろ！」

「本当かい？　嬉しいな」とミゼリアはぶつぶつ言うのを続ける。

「今すぐにだ！」

「要求が多いねえ」

「お前に言われたくはない！」

本心からそう言えばミゼリアが「私は謙虚な方なんだけどねえ」と嘯くので歯軋りで返事をした。

魔女め。

「さて、次はどうする？」

ローグの表情を気にもせずにミゼリアが言う。

「手詰まりになったからって、何もしないということはないだろう？」

「……少し待ってろ」

「ほう？　何か考えが？」

返事をしないで端末を取り出した。

「行き先変更だ」

◇

深夜近くであったとしても、捜査局の人間は働き続ける。古巣の第三分署の窓からは、オレンジ色の灯りが覗いていた。事前に話を通してあったので署内へはすんなりと入ることができた。捜査官や事務員が無遠慮に見てくるが必要なことだと割り切る。

目的の捜査課の資料室は地下にあり、ミゼリアとともに入ると壁一面の資料ファイルが出迎えた。

「困った時は資料を漁れって奴だね」

ミゼリアがしげしげと壁のファイルを眺めている。

「で、何を漁るのかな」

「ザック・ノルのところにあった転移門のことは覚えてるだろ。あれと同じものが使われたことがないか探す」

ファイルを棚から引き出し、ローグが言うと驚いたような声が返ってくる。

「この中から?」

「当たり前だ」

「頑張り屋さんだねえ」

「なんで他人事なんだ。お前もやるんだよ」

「何度でも言うが、私は非力なんだ」とミゼリアが腕をまくった。「見てくれこの白魚のような手を。ツルツルだ。力仕事なんてとてもとても」

「さっき腕前がどうとか言ってたろ。嘘ばっかり吐くな」

「私を嘘吐き呼ばわりするのかい？　やめてくれ。私は嘘吐きが大嫌いなんだ。その言葉を聞くだけで蕁麻疹がでる」

「言ってるそばから嘘吐いてんじゃねえか」

ローグは付き合いきれなくなって、手元の作業に集中した。転移門の刻印は特徴的だった。犯罪に使われていればすぐにわかる。年代順に並べられたファイルを端から漁っていく。十分の一が過ぎた頃になると遠くの方に人影が出現した。

観念したのか、ミゼリアが作業に参加したのだ。ファイルを指でめくりながらローグへ語りかけてくる。

「もう十二時だ。朝までやるつもりかい？」

「見つかるまでな」

「根性論の極みだね」

「まだあの転移門が登録されてないし、手作業でやるしかねえ」

「毛布に包まれたいとか考えないのかい?」

「お前だけだ」

呆れ果てる。


いい加減、ふざけるのをやめろと言いたいところであったが、ミゼリアは仕事だけはこなしていた。資料を高速でめくり、ローグの何倍もの速さで片付けていく。ひと目見ただけで把握しているようだった。

「ちゃんとチェックできているのか?」

「これくらい朝飯前さ。トランプをタワー状に六段積み上げるより容易い」

「わかりづらい例えをするな」

言いながら手元に目線をやると、思わず動きを止めた。

「おい、見つかったかもしれない」

ミゼリアを呼ぶ。

「一ヶ月前に、薬物依存症の人間がビルの壁面に刻印を刻んだ事件があった。刻み方がぐちゃぐちゃで効果を発動しない刻印だったから、大事にはならなかったらしいが……ザック・ノルと関わりがあると思わないか?」

「というと?」ミゼリアが歩きながら言った。

「依存症の人間がわざわざ刻印を刻む理由はない。ザック・ノルは売人だ。自分の客たちに命じて、意図を持って刻印を刻ませたのかもしれない」

「それで？」

「理由はわからん。とりあえず手がかりが見つかった。こいつのところへ行く」

ファイルを納め、脚を踏み出そうとすると、ミゼリアが進路に立ち塞がった。

「何をしているんだよ」

「君の手助けさ」

微笑（ほほえ）みを浮かべるばかりで、ミゼリアは退こうとしなかった。

「邪魔だ」

「ローグ君。君の時間を節約してあげようというんだよ。これをご覧」

と言うとミゼリアがすぐ横の棚からするりと、ファイルを引っ張り出した。印刷された紙にはザック・ノルの転移門の写真があった。

「これは……！」

「君の推理は正しいみたいだ。ここ以外にも十六人が転移門の不法設置で捕まってるよ。内容を確認するかい？　案内してあげるよ」

ミゼリアが呆気（あっけ）に取（と）られるローグを見つめたまま、ファイルを指で押し戻した。

「……何を知っていやがる？」

「何も。ただ、君のように推理してみただけさ」

「はっきりと言え」

「なあに。言わずとも、すぐ『こと』は起こるよ」

と言ってミゼリアがローグの肩を叩き、通り過ぎていく。

振り返ってミゼリアを見れば、リラックスしたように壁に寄りかかっている。

推理と言っているが、起こる何かについてミゼリアは確信しているようだった。

「余計な手間をかけさせんじゃねえ」

ミゼリアへ向かって歩み寄ると、

「心配ないさ。ここでは何も起こらない。ただ、出かける準備はした方がいいね」

いつの間にか盗られたのか、ミゼリアは車の鍵を手の中で弄んだ後、こちらへ投げてきた。

右手で受け止める。

と、その時だった。

ポケットの中の端末が震えた。

片手で出る。

「ローグ捜査官！」

あまりの声量に鼓膜がぶるぶると震えた。声が上ずっていてわかりにくかったが、聞き覚えがあった。確か三番目の魔女、識別名は〈聖女〉——

「カトリーヌか？」

「ええ！　ローグ捜査官！　あなたがくれた情報のおかげで犯人に辿り着きました！　今犯人のアジト前で張り込んでいます！」

犯人？　アジト？　カトリーヌが言ったことは本当なのか。

「ま、待て！　そこはどこだ⁉」

「商業地区ディロ、西三丁目、歯医者の近くの赤い屋根の家です！　わたしは近くの建物から見張っています」

「おい！　話を聞け！」

「店主さんが怪しいやつを一人知ってるって教えてくれました。名前はユディク。ザック・ノルと関わりのある傭兵らしいです！　戦いが好きみたいで色んな戦場を回ってるって。浄化戦争にも客兵として参加したらしいです」

一息にカトリーヌが言う。かなり興奮しているようだった。まるで一刻も早くこの情報を伝えなくてはならないとでも思っているように。

「カトリーヌ！　そこに入る——」

「犯人の車が来ました、切ります」

「——な」

切られた。

そんな馬鹿な。

「ああっくそ！」

「罠だろうね。〈奪命者〉がそんな簡単に姿を現すわけがない。張ってた網にかかって来たのが彼女ってわけだ」

腕を組みながら呑気にミゼリアが言う。

「お前が仕組んだのか⁉」

「そんなわけないじゃないか。推理しただけだと言っただろう。考えてみたまえ。なぜ犯人が転移門を設置しようとしているのかを。局の捜査官なんて、それはもう至る所にいるんだ。だったら移動手段を確保しておくのが当然じゃないかい？　転移門があれば逃げることも、こうやって狩りをすることも容易だよ」

ミゼリアは言い終わると、人差し指で首の脈をトントンと叩いた。その様子に一瞬目を奪われかけ、ローグは弾かれたように動き出した。

移動手段。確かにその通りだ。〈奪命者〉の協力者であるザック・ノルが仕掛けるのは筋が通っている。問題なのはローグが教えた情報源によって、カトリーヌが危機にあることだ。資料室の扉に手をかけると、背後から声がした。

「助けに行くのかい？」

「当たり前だろうが！」

言い返し、扉を開けた。足音が付いてくる。振り払うように廊下を走るスピードを上げたが、声はすぐ背後から聞こえた。

「当たり前ではないと思うね。彼女が〈奪命者〉に始末されるまで、ゆっくりといこうじゃないか」

「またお前はそんなことを！」

怒鳴りかけると、目の前に事務員が迫っていた。慌てて避けると、足が滑り、転倒しかけた。よろけながら壁に手をつくと、魔女がローグの顔を上目遣いで覗き込んできた。

「落ち着いたかい？」

「……助けには行くからな」

「何度でも言うけど、おすすめはしないなあ。カトリーヌは魔女だよ。可愛い女の子の皮を引っ剝がせば中身はただの獣だ。温情など必要ないよ」

「お前だって魔女だろうが」

「そうとも。言うようになったねローグ君」

「お前が俺に言わせているんだ」

くつくつと声がする。

魔女の口が弧を描いていた。

「その通りだよ、ローグ君。面白かったから一つ話をしてあげるよ。君も知っている魔女の話なんだが、彼女はすごいよ。第六分署に存在する魔女の中で最も多くの人を死傷させているんだ」

「お前と似たようなものだろ」

「似てはないな。だいぶ違う」魔女は本気で嫌そうな顔をした。「……続きを話しても？」

「……好きにしろ」

吐き捨てるように言って、膝を伸ばした。それから今度は小走りで署の出口へ向かった。

「彼女はね、魔術に愛されてるんだよ。彼女が何かを望めばその度に魔術が異界から飛んできた。君たちが言葉や常識を覚えるように、彼女はいくつもの魔術を手にした。信じられるかい？　彼女が融合した魔術は一万を超えるんだ」

並走しながら、魔女はカラカラと笑う。実に楽しそうだった。

「で、その力を使って人を救ってたんだって。だいぶ頼りにされていたらしいよ。有事の際は彼女を呼べば安心だって言われるくらいに」

「……」

「だけど彼女は自分を信頼してくれた人をみんな裏切ったんだ」

「どうしてだ？」

喋るまいと思っていたのに口が開いてしまった。

「街近くの火山が活発化していたんだよ。もし噴火すれば大惨事さ。そこで彼女は呼ばれた。

彼女の力をもってすれば噴火を止めるのは造作もないことだったからね。それほどなんだよ彼女は。――で」

　魔女はヒソヒソ話でもするように唇に指を当てた。

「失敗した。正確には何もできなかった、だね。火口の動きを読みきれなかったんだと言われている。とにかく彼女は魔術を使えなかったんだ。――まあプレッシャーでも感じたのかもしれない。そこは彼女の故郷だったからね」

「それで？」

「住人は皆彼女のことを知っていたから逃げなかったんだ。今回も何とかしてくれるだろうってね。溶岩が麓を下っているのも余興か何かだと思ったんだろう。全滅さ」

　事務員用の出口へ辿り着く。管理カードを読み取り口に差し込み、扉を開けると、再び夜の淀みが出迎えてくる。風が強く吹き込んで来て、反射的に目を細めた。

　と、魔女が顔を寄せてきた。

「今の話を聞いてどう思う？　魔女に救いは必要かい？」

　蒼の瞳がローグを覗いてくる。口元は笑っているが、瞳はローグの奥深くを探ろうと輝いている。

「……知るか」

　視線を振り切り、ローグは言った。

◇

車が家の敷地に入り、停まった。車の中から小さな影が出てきた。ユディクだ。グレーのコートを着ている。帽子を被っているので顔は見えない。カトリーヌは家の塀から少し顔を出し、精霊さんに頼んだ。

(精霊さん、あの人の帽子をとってくれますか?)

もちろん、精霊さんなど実在しない。

大昔、魔術の研究が進んでいなかった頃、カトリーヌはそう呼んでいた。現在でも精霊さんと呼んでいるのは、そうした方が〈聖女〉らしいと思ったからだ。

小さく呟けば、魔術がカトリーヌのために働いてくれる。それは光として彼女には見える。光の球が寄り集まり、ユディクの帽子にぶつかり、帽子を地面へ落とす。一連の動作は他人から見れば、風が帽子を吹き飛ばしたように見えるだろう。

魔術を思い通りに動かすことはカトリーヌにとって容易いことだった。ややこしい詠唱も刻印も覚える必要がない。ただ『言葉』を発するだけでいい。

ユディクが身をかがめ、帽子を拾おうとした。

（もう少しで顔が……）

カトリーヌは思わず声を上げた。

ユディクの顔が布で覆われていたのだ。目の部分だけ穴が開いていた。金色の瞳だった。それがギョロリと動き、カトリーヌの方を見た。

――バレた。

その瞬間、周囲に浮かぶ光の球が家の周りを囲い始めた。

（どうして⁉）

いや、命令していないわけではなかった。よく見れば家の周囲の道に、刻印が刻まれていた。地面の色と同化するように描かれていて、相当目を凝らさなければわからなかった。

「痛っ！」

カトリーヌの背中に激痛が走った。

振り返ると、半透明の白い壁が家の周りを囲むように生えていた。壁の向こう側は液体を通してものを見るように、ゆらゆらと揺れていた。指先で恐る恐る壁に触れると、火で焼かれたような痛みが走り、すぐに指を離した。

（これは……）

「〈無効域（クローズ）〉だよ。中からは決して逃げられない壁を作る効果がある」

くぐもった声がした。見ると既にユディクが立ち上がり、カトリーヌを眺めていた。

「わ、わたしを殺すんですか」

「君のような人を殺したくはないが、結果的にはそうなるね」

「あ、あなたを逮捕します！　覚悟してください」

ユディクはこちらを舐めきっていた。だとすればチャンスがある。カトリーヌは魔術を自在に操る。それは即ち相手の魔術自体にも干渉できるということだ。

（精霊さん、止まってください！）

カトリーヌはそう念じた。

が、何も起きなかった。

半透明の壁は未だ、周囲を囲っている。

「な、なんで⁉」

ユディクがカトリーヌを見て、肩を上下させている。

「この場内の魔力は全て壁として固定されるんだ。何をしたかったのか知らないが、魔術は使えない」

ユディクを睨みつける。しかし、ユディクの笑いを止めることはできなかった。

「おっと、君には近づくつもりはない。万が一にも証拠が残っては困るのでね」

言うとユディクは胸元からライターを取り出した。そしてそれを目の前の芝生に投げ捨てた。

油でも塗ってあったのか、急速に燃え広がっていく。

「大丈夫、魔女なら生き残れるさ。本物の魔女ならね」

家の陰に向かってユディクが歩いていく。角を曲がると小柄な体が見えなくなる。

「あっ待ってください！」

追いかけると既にそこには誰もいなかった。

（どういうこと⁉　魔術は使えないんじゃないんですか）

見渡しても、家の壁があるだけで隠れるような場所はない。

「そんな……」

ばちばちと草が燃える音がする。

庭一面が赤い。

家に逃げ込んだとしても、時間稼ぎにもならないだろう。いや、浴槽に水を張ればなんとかなるかも——そこまで考え、カトリーヌは思考を止めた。

（これは償いなんです……あの人たちへの）

カトリーヌのせいで死んでいった故郷の皆。

目を閉じればまるでついさっき起きたことのように、彼らの最期の姿がはっきり思い出せる。

カトリーヌでなければ助けられなかったのに、カトリーヌは助けなかった。

溶岩に呑まれていく街。まるで砂の城に水をかけるみたいに溶けていく。

胸に痛みが走る。きっと痛かっただろう、怖かっただろう、――なのにカトリーヌは……。

「……わたしは死ぬべきなんです」

火の手はすぐそこまで迫っている。

カトリーヌが溢れた涙を拭おうとした時、炎の中から黒い塊が彼女に突っ込んできた。黒い塊はカトリーヌを抱き起こすと、火の手から遠ざかるように引っ張った。

「ど、どうして……」カトリーヌが言った。「どうしてわたしを助けるんですか？　魔女のわたしを……捜査官……」

「……俺が聞きたいよ。なんでこんなところに来ちまったんだろうな」

ローグがため息を吐いた。全身がずぶ濡れで髪から水が滴っている。

「近くの家にホースを貸してもらった」とローグが羽織っていたジャケットをカトリーヌにかけた。「これで少しは火を防げる。早く外に行くぞ」

「む、無理です。犯人が、あれは絶対逃げられない壁だって。それにここでは魔術が使えないって」

「……マジかよ」

ローグは焦った顔で家の扉を開け、中へ入るとすぐに出てきた。

「ダメだ、水道の元栓が閉められている。くそっ！　最初から計画していたな」

悪態をつくローグの姿を見ていると、罪悪感で胸が締め付けられる。カトリーヌは目を伏せ

た。

「……ごめんなさい、捜査官」

「謝ることじゃない」

「……でも」

「俺が来たくて来たんだ。謝られる筋合いはない」

「……捜査官」

「いいから、泣き言言ってないでここを出る方法を探すぞ。犯人はさっきまでいたんだろ？どうやって出たんだ」

「わからないです。そこの壁に身を隠したと思ったら消えちゃって……」

ローグは舌打ちをすると壁をペタペタ触り始めた。

「……何か……何かないのか」

「ミゼリアは」

「はあ？」

ローグがかなり嫌そうな顔をした。

「あいつは来る気もなかった。今は車の中でのんびりしてやがるぜ」

「そうじゃなくて」カトリーヌは言った。「ミゼリアに脱出の仕方を考えてもらいましょうってことです」

「正気か？　あいつが俺たちをただで助けるわけがない」

「わかりません。でも、今までの捜査官で一番あなたを気に入ってるように見えます。初めてですよ。捜査官と話しててあんなに楽しそうなミゼリア」

魔女ミゼリアは冷酷だ。興味のない人間はすぐに切り捨てる。笑顔の仮面を顔に貼り付けたまま、崖から突き落とす。そこに一切の躊躇（ちゅうちょ）はない。しかしカトリーヌから見て、ローグに対する態度は今までのものと違う。

カトリーヌは自身がどうなってもいい。だが、目の前の捜査官は生き延びさせてやりたい。

「ミゼリアにかけてください。わたしが交渉します」

ローグは自身の端末をカトリーヌに渡した。ワンコール目でミゼリアが出た。
「ミゼリア」
「おや、カトリーヌじゃないか。元気にしてるかい？」
端末から聞こえる相変わらずの軽口にローグは苛（いら）ついた。が、頼みの綱はこいつだけなのだ。

「周りを壁で囲まれて抜け出せません」

「君のお得意の魔術で抜け出せばいいだろう。〈空間転移(ジャンプ)〉〈潜地(ダイブ)〉、そうだな〈浮遊(フローティング)〉で壁を越えてもいい。何でもあるだろう？」

「無理です。魔術が封じられてます」

「それは困ったなあ。私にはどうすることもできない。お手上げだよ」

「ミゼリア――彼が死にますよ」

端末の向こうで笑い声がする。

「君のために死ぬようなものさ。私は止めたのだけどね」

「――っ！　あなたって本当に性格が捻じ曲がってますね」

「君ほどじゃないよ」

カトリーヌがぎりりと歯を食いしばった。

「助けてください。あなたなら脱出の方法くらいすぐに思いつきますよね？」

「いやあ流石(さすが)の私でも、すぐには無理だね。三日くらいはかかる」

「からかわないでください！」

「失敬。からかうつもりなんてなかったんだけどね。でもどうしてだろう――君を見ているとからかいたくてたまらなくなるんだ。きっと〈聖女〉なんて似合わない呼び名があるからだろうね」

「ミゼリア――！」

「私は正直者が好きだよ。でも君のことは嫌いだな。どういうことかわかるかい？　――〈聖女〉カトリーヌ？　何も救えない哀れな魔女さん」

もう我慢がならない。ローグはカトリーヌから端末を奪い取って、言った。

「お前がそういう風に言う資格はあるのか」

「時と場合、それに人物を選ぶね」

「カトリーヌに恨みがあるのか」

「特にないね。でも君はどうなるかな？　言うまでもないけど、そこにいる限り君の死は確実だ。残念ながら最期には彼女を恨むことになってしまうだろうね。恥じることはないよ、それが自然だ。大抵はそうなるものさ。まあでも一緒に捜査活動をしたわけだし、私としては君に選択肢を――」

「……うるせえな」

魔女の言葉を遮った。

気に食わない。こうなるだろうと勝手に決めつけられるのも、誰かを見捨てるように誘導されるのも、何もかも腹が立つ。魔女の言いなりのまま終わると思っているのか。投げかけられた言葉が体中を跳ね回り、ローグを突き動かす。

「何でもしてやるから俺『たち』を助けろ！」

そう言っていた。

嘘のように音が消えた。息遣いも衣擦れも魔女の存在そのものが消えたように静まり返った。

その時初めて隣のカトリーヌが自分を見ているのがわかった。目を見開き、口も開いている。

それを見てようやくローグは事実を認識した。

自分は今、魔女を怒鳴りつけたのだ。

しかし煮えた頭は元のままだ。音の消えた端末に対し問いかける。

「おい？　聞いているのか？」

返答がない。切られたのかと思ったが、しばらく経つと声がした。

「……聞こえているよ。これは驚きだね。もうあの時の痛みを忘れてしまったらしい」

皮肉な口調にも構わず、

「それでお前の答えは」

「何でもと言ったけど、いいのかい？　本当に何でも言ってしまうよ。そうだね、例えば

――」

「いいからさっさと言えよ。何でも聞いてやる」

「なあローグ君。そこの彼女をそうまでして助けたい理由って何だい？　まさか好きになっち

やったとか？」

「別に。俺もお前みたいな奴が嫌いってだけだ」

「よく言われるよ。でもそれだけでは――」

「十分だろ」

キリキリと喉がつかえたように、低い声が出た。

「ムカつく奴らの思い通りになるくらいなら、死んだ方がマシだ……！」

視界が赤くなり、ガラスが割れたような音がした。端末の画面にひびが入ったのかもしれない。視界の端に炎がちらつき始めたが、黙って耳をすますと、僅かに吐息の音が聞こえた。それからミゼリアが、

「……それなら、君の精神を壊させてもらうよ。誰の命令でも聞くような人形に変える。そうして第六分署に置いておく。私たちは限りなく自由に行動できるようになるだろうね。それでもいいのかい？」

「やれよ魔女。やってみろ。そうしてみやがれ！」

ほとんど反射的に答えた。後のことは考えていなかった。ただこの魔女への怒りだけがローグの中にあった。

「よし！　では脱出しようじゃないか！」ミゼリアの声が明るい調子に戻っていた。「魔術が使えない空間であるならば、〈奪命者〉が消えた方法は明らかだよ。隠し通路がどこかにある

はずだ。きっと、マンホールのようなものだろう。それで地下を移動して道路に出たんだ。長い通路ではないだろうし、魔術の壁の近くの地面を探すといいだろうね」

カトリーヌが走っていく。地面に這いつくばるような姿勢になって、辺りを手で探り始めた。そして声を上げた。

「ありました！」

雑草が茂っている場所だった。カトリーヌが雑草をぶちぶちと抜いていき、迷彩柄に塗装された蓋が現れた。

ローグは通話を切らないで端末をポケットに突っ込み、蓋に手をかけた。がこんと蓋が開き、中にははしごがあった。

ポケットの中から声がした。

「その様子だと見つけられたみたいだね」

振り返ると家に火が燃え移っており、燃えていない場所は既にここだけだった。

カトリーヌを先に行かせ、はしごをつたって下へ降りていく。肌が焼けるような熱風が遮られ、一気に気温が下がった。やがて地に足が着くと、そこには短い通路があった。人一人がようやく通れるくらいの幅しかない。

通路を歩き、カトリーヌが再度はしごに手をかけ、止まった。

「……ごめんなさいローグ捜査官。わたしが軽率だったばかりに」

「さっきも聞いた」

「そうですね……」

再び音を立て、はしごを登っていく。そして蓋を開けると、ミゼリアが二人を見下ろしていた。

「焦げ臭いぞ二人とも」

柔和な笑みを浮かべていた。


警察や消防への連絡を済ませ、車に乗り込んでも、三人は無言だった。ローグは話す気になれなかったし、隣にいるカトリーヌは消沈しているのが丸わかりだったし、後部座席のミゼリアは笑みを浮かべるだけで何も言わなかった。流石(さすが)に自重しているのかもしれない。が、そういう態度すら苛立(いらだ)ってしょうがなかった。

（腐ってる奴(やつ)だと思っていたがあそこまでとは……！）

火の海――あの状況にあって、カトリーヌに悪意ある言葉を投げかけていたのだ。到底看過できない。

どうしてあんな風に言えるのか。

「なあ――」「ねえ――」

ローグとミゼリアの声が被った。

「先に言え」「お先にどうぞ」

ミゼリアが首を振った。

「先に言って欲しいな。私のは大したことじゃないから」

「ああ、なら言ってやるよ。お前、カトリーヌに謝れ」

ハッとカトリーヌが顔を上げた。

「捜査官、別にわたしは……」

「いいや、俺が気にしているんだ。絶対に謝ってもらうぞ」

「そうか」ミゼリアが言った。「すまなかったよカトリーヌ。本当に申し訳ないと思っている。きっと君には信じられないだろうが、心底思っている」

ミゼリアが実にあっさりと、頭を下げたのが見えた。

「……本気で思ってんのか？」

信じられない。いつものおふざけではないのか。

ミゼリアの表情は陰になって見えない。

「そう思われても仕方がないのだけど、本気だよ」

「信用できねえ。急に心変わりか？ 何を企んでいやがる？」

「私も反省することがあるのさ。さっきのはやりすぎだった。一線を越えてしまった」

　言うとミゼリアは目を閉じた。

「一線どころじゃねえよ」

「……捜査官、もういいんです」カトリーヌがローグを見た。「わたしが全部悪いんだから、ミゼリアに言われて当然です」

「だが」

「わたしは『魔女』です。凡人に慰められる謂れなんてないんですよ」

　突き放すようにカトリーヌが言った。その顔はいつもの自信なさげな顔では全くなかった。翡翠の瞳がローグに強い意志をぶつけてきた。

（こんな顔ができたのか）

「……そうならそうで構わない」

　ローグがそう言うと、車内は重い空気に包まれた。そんな中、ミゼリアがいつも通りの調子で言った。先ほどの殊勝な態度は消えていた。

「あ、そうだ。君たちが脱出する最中、暇だから近くをうろついていたのだけど、見つけたものがあるんだ」

　ミゼリアが端末をスライドさせ、画面を見せてきた。ローグは肩越しに画面を覗いた。

　転移魔術の刻印――転移門だった。街路樹の根元にバスケットボールサイズの刻印が刻まれている。転移魔術に限らず、刻印法は刻印のサイズによって効果範囲が異なる。これくらいの

サイズならば、小さな子供しか通れないだろう。だが、

〈〈奪命者〉なら通れる……か〉

隠し通路を使用した〈奪命者〉はその後、この転移門を使ったのだろう。

「ザック・ノルを使って、おそらく何ヶ月も前から少しずつ、街中に刻印を刻んでいたんだろうね」

ミゼリアが端末をポケットにしまい込んだ。

「さっきの資料室をまた漁るかい？」

ローグは黙って首を振った。

迎撃用の罠に、逃走するための転移門。ザック・ノルが自らの客に設置させたその数はさほど多くないだろう。先ほどの魔術はその辺の一般人が使えるようなものではなかった。あくまでデコイとして客を使ったのではないか。

それはつまり、自身が転移門を設置し終えるまでの時間稼ぎに他ならない。転移門の設置が終わったであろう今、そこを調査したとしても〈奪命者〉には繋がらないだろう。

千日手。

そんな言葉が浮かぶ。

追いかけても犯人は無数の転移門で逃げ続ける。

〈他署に協力を要請するか？　いや、できない……第六分署の存在は秘密にしろと言われてい

る）

窓を流れていく景色の中に、犯人が刻んだ刻印があるような気さえしてくる。樹も壁も地面も全て疑わしく思えてくる。

今、必要なのは閃きでも手がかりでもなく、人員だった。

例えば三百人体制で街中を漁れば、それだけで犯人は詰むだろう。しかし、その手段は魔女が捜査に関わっている以上とれない。

（どうしろっていうんだ）

「なあローグ君？」

「何だよ」

つい語気が荒くなる。ミゼリアは気にした風でもなく、

「いや、君に要求したことについてなのだけどね」

忘れていた。いや忘れたがっていた。――精神を壊すとは一体どのようなことが行われるのだろう。〈首輪〉に抵触する方法ならばローグは助かるのだが、何人も捜査官を壊してきたミゼリアがそれを考慮しないわけがない。ローグの胃が痛みを訴えてくるうちにミゼリアが言った。

「署に着いたら話そうか。それでいいだろ、ローグ君」

「……ああ」

そう答えるのが精一杯だった。

◇

第六分署に帰ると、様子が違っていた。ローグに興味なさげだった魔女たちがジロジロと舐め回すように彼を見てきた。こちらを指差し、小声で話すものもいる。

(なんだ?)

疑問に思いながら歩く。頭の中は悪い想像で埋めつくされていた。——いつミゼリアがローグを手にかけるのか。どんな魔術をかけられるのか。

「やあ皆、ただいま帰ったよ」

ミゼリアが言った。

魔女たちの視線が彼女に集まる。

「んんー?　私に何か付いているのかい?　まあいいや。それと唐突だが宣言させてもらおう」

(もう駄目だ。こいつらの前で言うつもりだ)

ローグは最悪を想像し――

「私はこの捜査官に全面的に協力することにした。私の頭脳と能力は彼のために全て使おうと思う」

――裏切られた。

魔女たちのお喋りがまるで示し合わせたかのように止まった。不気味な沈黙。ミゼリアがなんと言ったのかよくわからない。協力？　どうしてそういうことになるのか。ローグは声を荒らげないではいられなかった。

「お、おい！　何を考えているんだ⁉　唐突すぎるぞ！　お前はさっきまで邪魔してばっかりだったろうが⁉」

「おや、協力してあげるって言っているのに、要らないのかい？　それともそんなに精神を壊されたいのかい？　望むならやってあげるけど。無料でいいよ」

「だから、意味がわからんって言っているんだ！」

「おい、捜査官。あたしも明日から働いてやるよ……まっ、気が向いたらだけどな」

椅子にだらりと背中を預け、雑誌を読んでいたフマフが、こちらをチラリとも見ずに言った。

「は、はあ⁉」

さらに続々と魔女たちが、

「ほいじゃあたしもー」

「資料よこせ資料。五分で片付けてやる」

などと声を上げる。

頭が混乱する。ローグは何か、担がれているような気がして周りをキョロキョロと見回した。

すると、長身のアンジェネがニヤけながら顔の前で何か四角いものを摘んでいるのが見えた。

あれは——レシーバー？

アンジェネがスイッチを押すと「お、おい！　何を考えているんだ⁉」と焦ったような声が聞こえた。

ローグの声だった。

（と、盗聴器だと⁉）

ローグは慌てて全身をまさぐった。シャツの襟の内側に硬いものが触れた。小さな蠅のような形をしている。かなり小さい。シャツにくっ付いていたそれを引っ張り出す。

（いつの間にこんなものを……いやあの時か……）

アンジェネに背後から声をかけられた時——あの時ローグは彼女に気づいていなかったのだから、仕掛け放題だったはずだ。

「うふふふふ、あなた、隙だらけなんだもの、うふ。脱出劇を皆で『聞いて』楽しんでいたわ、ふふふ、ふふ」

「お、お前は知っていたのか⁉」

「知っていたさ。まあ特に教える必要性を感じなかったので、言わなかったけどね」とミゼリア。

自分以外にも皆、知っているのか。しかしカトリーヌは未だ状況がわかっていないようで、あたふたとしている。

「てめえは結構、面白え奴だってことがわかったからな。遊んでやるってことだよ。まあ、つまらなくなったら消えてもらうけど」

フマフがサングラスを傾け、とろんと眠そうな瞳をローグに向けてきた。

「……ああ眠い。誰か、膝貸せ……」

「全部……全部演技だったのかよ？」

ミゼリアが首を振る。

「全部、というわけではないけどね。私の趣味嗜好が多分に入っている。ここにやって来た捜査官は試すことにしているんだ。私が試験官という形でね。おめでとう、お眼鏡に適ったのは君だけだよ、ローグ君」

とミゼリアが付け加えた。「カトリーヌには何も知らされていないよ。ほら、どうみたって腹芸はできないだろ、彼女は」

「ひ、酷いです、みんなして……」

唖然とした様子のカトリーヌにミゼリアが、

「酷いだなんてとんでもないな。みんな、こんなに感謝してるというのに」

「ありがとうが聞こえませんよ⁉」

「心の声を聞きたまえ。拍手喝采さ」

「そんなわけないじゃないですか！　馬鹿にしないでください！」

「その通り、君は馬鹿じゃないよ。人よりちょっと鈍臭いだけなんだ。そう自分を卑下することはないさ」

「……相手がわたしでよかったですね。お説教で済ませてあげます」

「ふむ、君のありがたいお説教は後にしよう。言いたいことがあるんだろう？　ローグ君？」

ミゼリアに視線を向けられた。口を開きかけていたのに言葉が出てこない。状況が目まぐるしく変わり、理解が追いついていない。助かったと安堵すればいいのか、それとも怒ればいいのか。

「い、いやわからん。なんでこんなことする必要がある？」

「だから言ったじゃないか。私が求めているのは『楽しさ』だと。なに、そう難しく考えることはないよ」

「お前たちは『楽しさ』のために仲間が死にかけても構わないってのか？」

「ふうむ。君は魔女のことをまだよく知らないようだね」

とミゼリアが顎に手をやった。

「私たちは魔術と融合している故に不老だ。相応の生命力があるってわけだよ。つまり見た目ほどには『柔くない』」

「だからって……死ぬことには死ぬんだろ？　全身消し炭になっても生きてられるってのか？」

「それはどうだろうね。経験したことがないからわからないなあ」

「やっぱり死ぬんじゃねえか」

「潔癖だねえ。命を賭け事に使うことのできる存在が魔女なんだよ？　君が気にすることではないさ」

「……」

釈然としない。

ローグの倫理観がミゼリアの言葉を拒絶している。

「気を悪くしたかい？」

「今の話を街の奴(やつ)らにしてこいよ。俺と同じ反応が返ってくるぜ」

「はは。それはその通りだねえ」

「……ふん」

顔を背ければミゼリアが、タンタンと靴音を鳴らしながら、軽やかに歩み寄り、正面に回り込んでくる。

「まあ君がすべきことは、だ」

「……なんだよ」

いかにも嫌そうな口調で言うと、ミゼリアは目を細めた。からかうのが楽しくてたまらないみたいに。

「これまで通り、右往左往しながら面白い姿を私に見せるということさ。よろしく頼むよ」

その言葉とともに手が差し出された。

ローグはその手を睨(にら)みつけるように見た。白く、ほっそりとした手。そんな手で何人も始末してきた。決して取るべきではない手だ。悪魔の契約とでも言っていいかもしれない。契約したが最後、反吐(へど)が出るような末路を迎えることは明らかだった。

しかし、

「今度は嘘(うそ)じゃないんだな？」

ローグはミゼリアの手を握った。

「面白い姿ならいくらでも見せてやる。だからお前らの力を貸せ」

「心配性だなあ」とミゼリアが苦笑した。

「当たり前だ。こっちだって死にかけてるんだぞ」

「まあ、期待してくれ。本気になった私たちはすごいよ」

◇

「というわけだ。この目印を見つけたら、塗り潰せ。徹底的にぐちゃぐちゃにしろ」

ローグは印刷した用紙を手に、言った。目の前には二十数人の若者がいる。ラフな格好で、どいつもこいつも話を聞いているのかいないのかわからないような顔で立っていた。

「おい、フマフ。こいつら信用できるのか？」ローグは囁いた。

「安心しろ。そこにいるのはあたしの舎弟だ。言うことは何でも聞く」

ストリートギャングの根城、五区の端にある荒れ果てた服飾工場跡地。ローグたちがいるのはそういう場所だった。フマフが「考えがある」と言って呼び出したのだ。もちろん制服は脱いでいるし、ある程度の変装はしているものの、心配事しかない。

「捜査情報をギャング共に渡すのか？」

「『落書きテロ』ってことにしてるだろ。よしんば転移門の刻印だってことがわかっても、こいつらには利用できない」

自信満々に言い切るフマフに、眉をひそめる。

（悪ガキっつっても、立派な犯罪者たちだぞ？　大丈夫なのか）

「信用してねえな？　捜査官」とフマフが言った。

「まあ……な」

「じゃあ見てな。問題ねえってことを」

フマフは整列しているギャングたちの前へ行った。腰に手を当て、

「お前ら、真面目にやれよ！　でないとぶっ殺すぞ」

ギャングたちがどよめいた。

「あたしはやると言ったらやるということを知ってんだろ？　なら、どうすればいいのかはわかるよな？」

ギャングの中には震えているものもいた。しかし口答えするものは誰もいない。圧倒的な恐怖が刻み込まれていることは明白だった。

フマフが満足そうに「よし」と頷き、振り返ろうとした時、声がした。

「言いなりになるってのか！　この女一人くらいなんでもねえよ！」

と筋肉質な男が固まっている仲間たちを押し退け、拳銃をフマフへ向けていた。反射的に動き出そうとするところを、フマフに手で制された。

「まあ、待ってなよ」

そう言いながら、悠然とフマフは歩き出した。

視線の先を男へやり、

「誰をぶち殺すって？」

「こっちに来るんじゃねえ！」

銃弾が放たれ、古臭い工場の壁に穴を開けた。

「外れてんじゃねえか。もっと近くで撃ちなって」

一瞬で男の懐に潜り込んだフマフが、男の手を掴み、自身の額に銃口を向けさせた。

「ほら撃てよ。今度は外れない」

「な、何だよてめえ！」

「撃て」

サングラスの下の口元がニヤリと弧を描く。

どん。

フマフの頭が後ろに弾き飛ばされた。

思わず声が出そうになった。

だが、フマフは倒れなかった。

背中が反り返り、髪を後ろに垂らしたまま、ゆっくりと、見せつけるように首を動かし、頭を元の位置に戻した。

「あ、あ」

男が唖然とした顔で尻餅をついた。

「新入りか？　教育がなってねえな。あたしのことちゃんと教えとけよ。でないと――」

フマフの陰から二本の果物ナイフが飛び出し、男の手にある拳銃を裁断していく。まるでプラスチックでできているかのようにザクザクと分解され、やがて拳銃かもわからなくなった物体が男の足元に残された。

「マジで殺す」

ギャングたちが立ち尽くす中、フマフがぱんっとローグの肩を叩いた。

「帰ろーぜ。眠くてしょうがねえ」

「お前、傷は――？」

「ん」

フマフが前髪をかきあげ、額を露出させた。

「無傷」

自らそう言う通りに、彼女の額はつやつやした白い肌、そのままだった。

「どういうことだ？」

「呪われてんだよ、あたし」

「誰に？」

「誰だってい一だろ。とにかく呪われてんの」

出口扉を足で蹴って開けながら、フマフが、

「お陰様で眠れない。死ぬことすらもできない」

と言って口から手に何かを吐き出した。

それは額に撃ち込まれたはずの弾丸だった。

フマフはローグの顔を見ると、血濡れの弾丸を指で弾き飛ばし、眉を吊り上げる。

「他人をビビらせんのには便利だけどな」

「……いや、どこ経由して口に辿り着かせてんだよ」

「そりゃ、脳みそだろ」

「……」

と身も蓋もなさすぎて返答に困る。気まずいままローグは停めていた車の扉に手をかけると、

「……ギャング共がちゃんと働けば、転移門を無力化できる。そうなれば〈奪命者〉の逃げ道も潰せる。が――」

「が？」

ローグはフマフがシートベルトを締めたのを確認し、アクセルペダルを踏んだ。

「〈奪命者〉は無差別的に殺しをやっている。次の被害者を絞ることができないのが問題だ。奴を捕まえるまでに何人犠牲になるかわからない」

「ふうん。そういうわけか」

「そういうわけだ。やっとイーブンってところか」

「被害………ふぅぁわぁ」

　フマフが大きなあくびをした。グラグラと揺れ、ダッシュボードに頭をぶつける。そしてそのまま動かなくなった。

「おい起きろ」

「寝てないって……眠いだけで……にゃむにゃむ……」

「睡眠まで五秒前って感じだけどな」

「にゃむ……は！」とフマフが顔を上げ、

「ここはどこだ？　家？」

「あー……本当に眠れないのかが、疑わしくなってくるんだが」

「眠れないに決まってる。もう五百年も寝てないんだ。それより捜査じゃねーのか。余計なこと喋（しゃべ）ってないで真面目に運転しろよ」

「……」

「せっかく協力してやる気になったんだ。あたしを失望させるんじゃねー」

「…………」

（怒るな……怒るな。相手は一応魔女だ）

ローグは深呼吸をした。助手席のフマフは偉そうに腕を組み、背もたれにふんぞりかえっている。ギャングを舎弟と呼べるような感性があれば、こうもなるのか。

「……せめて被害者に傾向があればな」

やはりそれが問題だ。

変身魔術を使うものが山ほどいる中、まず当てになるのは魔術痕などの物的証拠、次に監視カメラなどとなる。しかし、そもそも肝心の変身前の姿がわからなければ話にならない。そのため、被害者の周辺関係を探るのだが、それも犯行が無差別では意味をなさない。

（どこから取り掛かるか……）

眉をひそめながら唸（うな）っていると、不意にフマフが、

「これ」

真正面を見ながら億劫（おっくう）そうに端末を見せてきた。端末上には市内地図が表示されており、赤い光点が六箇所に浮かんでいた。光点はそれぞれ等間隔に並んで、偏りを避けるように配置されていた。

「何だよ？」

「犯人が獲物を殺してた場所だっての。つーことはアジトなんじゃね、そこ」

驚きのあまり人を轢（ひ）きそうになった。フマフの方を見ると平然と「揺らすんじゃねぇ」と言っている。

「い、いや重要なことをさらっと言うなよ！」

「言い方なんてどうでもいいだろ」

「……というかお前、さっきから俺と一緒にいただろ？　いつ手がかりを見つけたんだよ？」

「そう騒ぐんじゃねえ。これで捜査が進むんだから、あたしを崇めろ」とフマフは小声で付け加えた。「ま、やったのはアンジェネの奴だけどな」

「他人の手柄じゃねえか……」

フマフが大きくあくびをした。いかにも不自然なあくびだった。

あまりの太々しさに唖然としつつも、ローグは言った。

「……で、実際はどうやって見つけたんだ？」

「空き物件とかそういうのを、他人の名義で借りてるやつを割り出して、ウイルス送って情報抜き出した。それで怪しそうなのをリストアップした」

「……何でもありだなお前らは」

半ば呆れ交じりにローグは言う。期待してくれとミゼリアは言っていたが、あまりにもできすぎていて薄気味悪さすら覚える。魔女にかかれば事件解決など容易いということなのか。捜査官の存在意義が失われたような気もする。

「魔女様には不可能なんてねえんだよ、捜査官」

フマフの声がローグの耳へ届く。

「お前たちは精々怖がることしかできねえんだよ」

「……そんなわけあるか」

振り絞るように言うと鼻で笑われた気配があった。

「そうかよ。じゃあこっちを見な」

フマフへ顔を向けると、彼女はサングラスを手で取り払い、瞼を露出させた。そして、ゆっくりと瞼を開け、ローグに視線を送ってきた。しかし垂れ目のおっとりした瞳は、子猫のような可愛らしさを主張するだけだ。寝不足故か瞳は潤み、日光を反射してきらきら光り、威圧感は微塵もなかった。

「……」

絶望的に似合っていない。

「忘れるなよ。お前の命は簡単に消えるってことをな」

「……まあ」

それとなく体の向きを逸らした。

「は。逃げんじゃねえ」

フマフが背を曲げ、上目遣いに顔を近づけてくる。眉間に深い皺が寄り、それだけ見れば迫力があるのだが、やはり瞳が足を引っ張っている。頬が緩みそうになるのを必死に堪えた。

「いい顔してやがる。皆そうなるんだぜ。あたしに従わないやつはいねー」

「……そうか」

「あたしの機嫌を損ねないように気をつけるんだな」

「……ああ」

凄むフマフからさりげなく、視線を前に戻した。運のいいことに道は空いている。願わくばこの魔女が帰りの道中、このまま無駄口を叩いているだけになることを祈った。

◇

第六分署の居住スペース、魔女たちのために設けられた部屋の前で、ローグは壁に背を預けた。かれこれ三十分は待っている。あくびを嚙み殺しながらメールをチェックしていると、部屋の扉が開いた。

「お待たせしたね。やれやれ、睡眠というのは強敵だね」

ミゼリアが首を振りながら、

「文明誕生からの悩みとも言っていいだろうね。全く、人類はいつまでも逃れられない」

「そう思ってるのはお前だけだ」

朝からげんなりとさせられる。

こいつは年中そうなのだろうか、いやそうなのだろう。

このまま立ち話をしていると永遠に続きそうなので、ローグは歩き出し、話を振った。

「遺体は残っていると思うか？」

「可能性は低いだろうね」

「だが、行く価値はある」

「その通りだね。他の魔女に連絡は？」

「今からする。命令をちゃんと聞いてくれるか怪しいがな」

ふっとミゼリアが笑い、

「疑うね。テストに合格したと言ったじゃないか」

「玩具の『耐久力』テストのな」

「上手(うま)いこと言うね。自分のことがよくわかっているみたいだ」

「わかりたくもねえ」

断固とした口調で言うと昇降機のボタンを押した。教会から地下の第六分署へ行くためのものではなく、分署内の階層を横断するためのものだった。

それにしても十二人しか住んでいないのに、随分と大きな昇降機だった。昇降機だけではなく、第六分署のあらゆるものが、まるで外賓でも扱うかのように、整備されていた。魔女の機嫌を取るためだろうことは想像できる。だが、その予算の使い方に文句の一つも言いたくなった。

「まあね、ローグ君の心配ももっともだ」

片足でリズムをとりながらミゼリアが言った。

「私のように素直で清廉潔白な魔女は、ちゃんと協力するさ。でもそうじゃない魔女もいる」

「どこが清廉潔白だ」

「ひと目見ただけでそうだとわかるだろう」

自慢げに腰に手を当てるが、胡散臭い笑みの魔女しかそこにはいなかった。

まあどうでもいいことだ。

ローグは白けた目で見つめた。

「私の潔白さを認めたかい」

「勝手に言ってろ」

「ローグ君に認めてもらえたところで、教えてあげよう。安心しなよ。半分くらいは協力派さ。立派に働いてくれる。でももう半分は非協力派で、私のような清く正しく真っ白な人間と比べて、遥かにどす黒いものばかりだ。近づくだけで穢れてしまう。君も気をつけた方がいい」

「お前の説明の仕方だと本気で言ってるのかわからん」

「本気に決まってるだろう。混じり気なしの善意の忠告さ。君には長生きしてほしいからねえ。

退職金はどの程度だっけ？」

「誰がそこまでやるか」

ミゼリアがわざとらしくため息を吐き、

「また次の捜査官がやって来るのを待たなくてはならないとは。やれやれ、哀れな犠牲者が増えるというものだよ」

「哀れな犠牲者はキレそうなんだが」

「忠告その二だ。怒るのは健康に悪い。もっと笑いたまえ」

ミゼリアは両の人差し指で自分の口角を引っ張り、にっとさせた。その背後で昇降機が到着し、扉が開いていった。

健康を悪くさせてるのは誰のせいだ。そう思いながらミゼリアの隣に立った。

◇

判明した〈奪命者〉の隠れ家、その一つはディロから南、中流階層が住む六区にあった。廃校となった小学校。私有地につき立ち入りを禁ず――の看板がこれ見よがしに設置され、校庭の芝生は伸びっぱなしで荒れていた。カラフルな遊具は黒ずみ、泥が張り付いている。

朝露でズボンの裾を濡らしながら、芝生の中を突っ切り、校舎の中へ潜入すると、すぐに濃密な死の気配を感じた。

（この臭い……一人や二人じゃないな）

見たところ教室が八つあり、八つの教室全てから臭っていた。

「開けるぞ」

まず、一クラス目の扉を開けた。錆びついた扉は開けるのに時間がかかった。完全に開く前から、死体が既に見えていた。

肉が削げ落ち、骨と化した死体だった。

パイプ椅子に両手足を縛り付けられ、ぐったりと項垂れた姿勢で、腐臭を漂わせていた。骨に張り付いた僅かな肉片に蝿が大量に止まっている。教室に入るなり、鼻腔に衝撃が走った。

「これはこれは。大層な出迎えじゃないか」

と、ミゼリアが口笛を吹いた。

〈奪命者〉は遺体が見つかることを想定していたのだろうか？　いや路地裏の時のように罠に使っている可能性もある。

慎重に歩を進めると教卓後ろの、黒板が目に入った。そこにはチョークで刻まれた転移門の刻印があった。その場にあるものを有効活用したというわけだ。

「随分合理的なクソ野郎だな」

思わず口に出した。

「予算をケチったともいうね」とミゼリアが言った。「次に行こう」

教室を渡る度に死体を目にした。捜査官の生活の中ではそんなことなど珍しくもなかったが、顔が険しくなるのを抑えられなかった。まるでゴミ捨て場みたいだった。

転移門は教室ごとに、存在した。また防音魔術が四方の壁と窓にかけられていたようで、中からいくら大声を出そうと外へ漏れないこともわかった。殺害現場がこの場所であることは確定だろう。

教室を回り終わり校舎の外に出ると、端末にメールが届いていた。魔女たちからだ。死体と転移門を発見。他に異常はなく署に戻る旨。

ローグの端末を覗き込んでいたミゼリアが、

「では私たちも帰ろうじゃないか。収穫はあったことだし」

「嫌な収穫だがな」

助手席に魔女を——それも一人じゃなく何人も乗せるなんて、第六分署に来る前の自分なら鼻で笑っただろう。そんなことがあるわけないと。だが現実は魔女の玩具扱いだ。内心苦笑しながら小学校を後にする。

しばらく走ったところでミゼリアが、

「重大な話があるんだが」

「なんだよ」胡乱げにミゼリアに目をやった。

「隠れ家と転移門を見つけ、状況は良くなったと言えるだろう。だが、その分君は随分動き回った」

「そりゃあな。走り回るのも捜査官の仕事のうちだ」

「おや？　ローグ君ともあろうものが自分の変化に気づいていないのかい？」

「はあ？」

　ミゼリアが意味ありげに人差し指を顎の下に当て、

「それならそれで構わないさ。何もないのならね」

「まさかお前……」

　ローグはハンドルを握る掌が汗で湿るのを感じた。

「また何か企んでやがるのか…………！」

「企むなんて失礼だなあ。私はそんなことは考えないよ。本当にちょっとしたことさ」

　ミゼリアは人差し指を顔の前で左右に振り、怪しく笑った。

「正午が近い。ということは、生きるために必要な糖分が失われつつあるのと同義だ。我々は大事な糖分を消耗させ、脳の活動を低下させている。ローグ君、これは現在進行形の危機だよ、そこにカフェがある。今すぐに寄るんだ」

一瞬カフェの方に目をやり、ミゼリアの発言を頭の中で整理し、その結果ローグは何も問題がないと判断した。カフェの看板が遠ざかっていく。

「そこのハンバーガーショップはどうだろう。成人男性に必要な一日のカロリーは二千二百キロカロリーと言われている。損なわれたカロリーを、暴力的なバーガーとシェイクで満たそうじゃないか」

ハンバーガーショップの看板が遠ざかっていく。

こめかみの血管が鼓動を始める。そのうち痛いくらいに激しくなり、ミゼリアが「ドーナツの原材料はおよそ」と言いかけたところで限界を迎えた。

「それくらい我慢しろよ!? お前は子供か!?」

「もちろん大人さ、千二百歳というのはすでに言ったね。長い年月を経ても耐えきれないものというのがあるのさ。君もいずれわかるよ」

「浅いことを蘊蓄(うんちく)風に言うんじゃねえ！」

ローグはハンドルを握りながら左手をコンソールボックスに突っ込み、ガムの包みを取り出すと、ミゼリアへ投げつけた。

「これでも噛(か)んでろ。時間を無駄にするな」

「ローグ君、これミントだ。甘いものがいいよ」

「うるせえ！」

怒鳴ると歩道に見覚えのあるシスターが立っているのが見えた。同じくシスター服を着た年配の女性と何やら話し込んでいる。問題でも起きたのか。路肩に車を停め様子を窺った。

「で、ですからわたしは教会の所属では」

カトリーヌがオドオドしている。

「じゃあなんでシスター服なんて着てるのさ？」と女性が言う。

「そ、それはわたしのアイデンティティというか…………聖女ですので」

「なにが聖女だい。人を馬鹿にしてるのかい？」と女性。

「えええ⁉」

見かねたローグは窓を開け、「おい」と声をかけた。カトリーヌが驚いたように振り返った。

「すみません。そいつはそういう服を着るのが好きなだけで、教会のシスターを騙るつもりはないんです。許してやってくれませんか」

ローグがそう言うと女性はぶつくさ言いながら立ち去っていった。見ればすぐ近くに教会の建物があった。おそらくそこで働いているのだろう。

「た、助かりましたぁ………」

後部座席に乗り込むとカトリーヌがぐったりとした様子で言った。

「空き家を調べていたんですが、外に出た時に教会の人に捕まってしまって……」

「それはご苦労だったね。ご褒美にチョコレートをあげよう。ローグ君」

「ねえよ」とローグは切り捨てる。そしてカトリーヌへ首を傾け、

「何か見つけられたか？」

「転移門が床に書いてありました。捜査官の方は？」

「同じくだ。こっちは死体もあった」

「中々醜悪だったね。カトリーヌ、君も来れば良かったのに」

「全くあなたは……」とカトリーヌが後部座席から両腕を伸ばし、助手席のミゼリアの耳たぶを引っ張った。「どうして一々酷いことを言うんですか」

「ローグ君。カトリーヌから攻撃を受けているよ」

無視した。

「耳を引っ張られている。痛い。なぜこんな仕打ちを受けているのか、さっぱりわからない」

「お説教をすると言いましたよね？　これがお説教です！」

「違うね。それはただの攻撃だ。〈聖女〉というのなら、筋道立てて私を言葉で説得すべきじゃないかな？」

「あなたに喋らせたら私の心が傷つくんです！」

「ところで君は意外に力が強いね。痛くて涙が出てきた」

「泣けばいいんです！　むしろ泣いてください！」

「やれやれ、歪んだ心の持ち主がいるね。今日、私は消されてしまうのかもしれない」

ミゼリアが肩をすくめるのをどんよりとした目で見る。

アホか。

「ローグ君、私を裏切るのかい？　助けてくれるって言ったじゃないか」

「そんな約束をした覚えはねえ」

「いいのかい？　千切れた私の耳を見て、君は後悔に苛まれるのさ。きっと毎晩眠るのに苦労するだろうね」

「千切れないし、千切れたとしても、ぐっすりに決まってんだろ」

「悪夢を見るよ。私が拷問される悪夢を」

「いい夢じゃねえか」

「酷い！　酷すぎる！　泣いている人を見捨てるのかい君は」とミゼリアが騒ぎ立てるが、ローグには何の感情も湧かなかった。

第六分署が見えてくる。耳を引っ張っても通用しないとわかったのか、カトリーヌが今度はミゼリアのこめかみを拳で挟んだ。そうするとミゼリアがまた同情を引くようなことを言い、カトリーヌをなじる。不毛な争いは車を停めるまで続いた。全く手に負えなかった。

なんて奴らだ。ローグは心底そう思う。

とはいえ魔女たちはしっかり成果を上げた。他分署の人員による捜査を可能とさせた。

〈奪命者〉の隠れ家で凶器を発見。罠として設置された刻印を破壊し、他分署の人員による捜査を可能とさせた。カトリーヌを追い込んだような罠も、本気になった魔女には通用しなかったのだ。隠れ家内部の画像が次々と送られてきた。

さらにストリートギャングたちを使った『落書きテロ』による転移門潰しも効果的に働いていた。市内の監視カメラに〈奪命者〉らしき影が映るようになった。文字通り足を使って逃げなくてはならなくなったからだ。

金色の瞳。

カトリーヌが遭遇した〈奪命者〉の特徴だ。監視カメラだけでなく、街の至るところで目撃情報が出るようになった。いよいよ、そいつを捕らえて刑務所に入れるついでにぶん殴る日も近いように思えた。

仮眠室のベッドに身を預けながら、宙に向かって拳を突き出すとドアがノックされた。珍しい。魔女たちは基本的に夜は自分の独房にいるので、仮眠室に訪ねられたのは初めてだった。

ローグはベッドから起き上がり、

「入っていいぞ」

「あ、失礼します……」

入ってきたのはカトリーヌだった。

「何か用か？」

「あの、えっと」

カトリーヌがドアの前でモジモジしている。見かねてローグは言った。

「座ったらどうだ？」

「あ、はい……」

カトリーヌはローグから数歩離れた位置のクッションに腰を下ろした。

「それで何の話だ」

「えっと、話ですか……」

カトリーヌは眉を下げる。口をぱくぱくさせて目を泳がせた。自分からやってきたのに、話すことを拒否するような態度だった。辛抱強く待っているとついに口を開いた。

「……あ！　今日はお疲れ様です！　捜査が進んだんですよね」

「ああ」

「良かったです。本当に……」

「ああ」

「……」

カトリーヌを見ると猛烈に瞬き（まばた）をしていた。

「あ、あの！　そう言えばミゼリアのこと気づけなくてすみませんでした。試験なんて悪趣味ですよね」

「いやそれは別にもういい。結果的に捜査が進むようになったからな」

「……そ、そうですか。確かにそうですよね。良かったです」

カトリーヌはうう、と呻いた。

「他に話したいことはあるのか？　そろそろ寝ようと思うんだが」

言うとカトリーヌは慌てたように、

「あります！　話ならありますよ！」

と言った後で自分が大声を出したことに気づいたのか、顔を赤くした。

「……すみません」

「別にいいよ」

隣に人が寝ているというわけでもない。魔女以外の人間はローグとリコしかいないのだ。

カトリーヌは視線を自分の手に落とし、

「……あなたはどうして捜査官になったんですか？」

いきなり何だとカトリーヌの顔を見返せば、彼女はにこりともしていなかった。真正面からローグを見据えている。

「知ってどうするんだよ」

「……わたし、あなたに助けられました。メリットなんて何もないのにあなたは救ってくれたんです。誰も助けられなかったわたしだけど、あなたに何か望みがあるのなら、叶えてあげたいんです」

一瞬息を呑み、目を伏せた。すぐにしくじったと思った。何を言われるかと身構えたが、カトリーヌは口をつぐんだままだった。あくまで追及する気はないようだ。しかしだからといってこの場を離れるようにも見えなかった。

お互いの呼吸の音が聞こえる。時間が引き延ばされたかのように感じ、そのうち嫌になってローグは口を開いた。

「……別に大した理由はねえ。成り行きだ」

「成り行きですか？」

「そうだよ。別に何もない。望みなんてものもない。なれたからやってるだけだ」

ローグはベッドから降り、立ち上がると、

「高尚な何かなんてなくても捜査官はやれる。毎日仕事をするだけだ。ほら、明日も早いんだからもう終わりだ」

「捜査官」

カトリーヌが立ち上がり、出口へと向かう。ドアノブに触れたその時、ようやく笑った。

「わたしはあなたの味方です。望みがあればいつでも言ってください」

そう言ってカトリーヌは出て行った。

◇

さらに、三日後。

会議室のホワイトボードにはこれまで発見した転移門のルートや被害者の顔写真などが貼られている。ローグは時折それらを指で叩きながら、資料片手に協力派の魔女たちへ説明していく。

ミゼリアを筆頭に、壁に寄りかかるなり、オフィスチェアをぐるぐる回すなり、思い思いの姿勢で魔女たちがローグの話を傾聴している。真面目な態度ではないが、少なくとも耳を傾けていることに、妙な感慨があった。

「街中の転移門は大方潰した。隠れ家も警察の人員に張ってもらっている。これでも足りないと言うなら〈奪命者〉の方が上手だったたってことだろうが、それでも俺たちが奴を追い詰めていることに変わりはない」

そう締めくくると、魔女たちは退席していく。一部の魔女――フマフがぐらぐらと椅子の上で揺れていたが、カトリーヌが「ちゃんと歩いてくださいよ～！」と引っ張っていったのを除けば問題は起きなかった。

「調子がいいじゃないか、ローグ君」

　ミゼリアが語りかけてきた。

「そうならいいんだけどな」

「含みがあるねぇ」

「今、調子が悪くなった。お前のせいだ」

「そんなはずはないんだがね。どう見ても私は癒し系だろう？」

「反吐が出る系だ」

　ローグは、部屋の隅でひっそりと佇んでいたアンジェネに目を向ける。先ほどからずっと立っていた。まるきり幽霊みたいな見た目であるが、こちらの方がまだ無害といえる。その上、仕事をこなす幽霊だ。ミゼリアより百倍信用できる。

「頼んでいた件は？」ローグは言った。

　長身を不気味に揺らしながらアンジェネが頷く。

「うふふ、ふ、調べてみたけど……聞きたい？」

「聞かせてくれ」

「ふふふふ、金の虹彩を持つ人だけど、皇国のデータベースには誰も該当しなかったわ」

　思わず聞き返す。

「一人も？」

「一人も」

「……そうか」

「うふ、ふ。ただ、これはデータベース内での話だから、街に誰も存在しないというわけではないと思うわよ。虹彩が登録されてない人だっているんだしね。うふふ、ふふ、よかったわね」

アンジェネが慰めのような言葉を吐く。だが、かなりアテにしていただけにショックが大きい。

「ふむ、ときにローグ君。瞳の色が金の友達はいるかい？」

とミゼリアが言った。

「いないと思う……多分な」

念のため、記憶を掘り返してみる。しかし誰も思い当たらなかった。

「誰もかい？」

「そうだよ。というかいたらすぐに思い出す。俺たち捜査官は人の顔を見分ける訓練をしてるんだからよ。会計待ちしてるときに目の前に指名手配犯がいて、そいつを取り逃がしたなんてあったら、お笑い草だ」

「奇遇だね。私もこの長い長い人生の中で、金の瞳を持つ人とは一度も出会ったことがないよ」とミゼリアが言った。「不思議だねえ」感慨深そうな表情をしている。

ローグは額に青筋を浮かべた。

「何が不思議だねえ、だ。言いたいことがあるんだろ？」

「さすがローグ君。賛美の言葉を聞かせてあげよう！」

「いらん。とっとと話せ」

「ははあ、仰せの通りに」

ミゼリアはホワイトボードに備え付けられている水性ペンを握ると、何やらボードに描き始めた。十数秒後、ふやけたブルドッグのような顔ができあがった。

「〈奪命者〉は今もなお逃げおおせているんだ。隠れ家が判明したものだけとは限らない。だからね、彼だよ彼！　彼にもう一度インタビューしてみようじゃないか！」

ミゼリアは自信満々に言った。

「いや誰だそいつ」

「え」

ミゼリアはブルドッグの顔の絵をペンの柄で叩いた。「誰って一目瞭然じゃないか」

「そんな奴見たことない」

「う、嘘だろローグ君。記憶喪失になったのか⁉」とミゼリアが珍しく焦った顔で言った。

「ザック・ノルだよ！　私たちが最初に捜査したときに見つけた男！　わからないのかい⁉

今、描いたじゃないか⁉」

「え？　このクリーチャーが？」

「え」

ミゼリアが凍りついた。

（こいつまさか……）

ローグはやっとこの行き違いを理解した。

「もしかしてだが……自分は絵が上手いと思ってたのか？」

「い、いや、ろ、ローグ君！　な、何を言っているんだ君は！」

「うふふ、チンパンジーが描いたほうがまだ上手いわ」アンジェネがボソリと言った。

「ほら」

「い、嫌だ。私は認めないぞ。認めなければ私の中では上手いままなんだ！」

絶対にこのネタを引きずり続けてやると思いながらローグは言った。

「まあそんなことはどうでもいいから」

「酷いよローグ君⁉」

ローグは声を低くし、

「ザック・ノルが口を割ると思うのか。奴は死んでも口を割らなそうだったぜ」

ローグの真剣な声音に、騒いでいたミゼリアもすっと目を細めた。

「彼は口を割るね」

「どうしてだよ」

「この私がいるからさ。まあ、任せなよローグ君。魔術など使わずとも、彼から情報を引き出してみせるさ」


六区にある中でもザック・ノルの住居はずいぶん年季が入っているようだった。昇降機はなく、階段しかない。切れかけている蛍光灯の光を頭上に浴びながら階段を上がっていく。

踊り場に差し掛かりローグは言った。

「抵抗すると思うか？」

「しないだろうが、気をつけておいた方がいいと思うね」

二階——三号室がザック・ノルの部屋だ。最上階でなくてよかったと思う。

ローグは三号室のインターホンを押した。すぐに足音が聞こえ、扉が開いた。

昼寝でもしていたのか目をしょぼしょぼさせ、ザック・ノルが「ちょっと待ってくれ……」と言いかけ息を呑んだ。特にミゼリアを見てあからさまに顔色を悪くした。

「……お前らは」

哀れだと思ったがローグは構わず言った。

「自己紹介は必要ないよな。いくつか質問をしたい。すぐ終わるよ」

「……全て話したはずだ」

「全てじゃないはずだぜ。なあ？」

とローグはミゼリアに目線を向ける。

「ああ。ザック君、君の隠していることは全て明るみになったのでね。事実確認をして欲しいだけなんだよ。協力してもらえるよね」

ちっとも嘘を吐いていないように、ミゼリアは堂々としていた。

「……入れ」

ザック・ノルが手招く。

「お邪魔しまあす」とミゼリアが声を上げた。

ザック・ノルの部屋にはそこら中に本が積まれていて、足の踏み場もない。本の山を崩さないように進む。ザック・ノルは台所に向かうと、ローグたちに紅茶を持ってきた。

「安物だが」

「どうも」

ミゼリアは受け取るなり、ごくごくと全部飲んでしまった。

「ご馳走様。では本題に入ろうか」

ザック・ノルの厳しい顔が歪められる。

「君は誰かを庇っているね」

「俺は誰も庇ってなど……」

「いや、もういいんだよザック君。もういいんだ」突然ミゼリアが宥めるような口調になった。

「ただの元一兵士には荷が重い役割だっただろう。君をその役割から解放してあげよう」

ザック・ノルに動揺が見られた。まるで誰かに助けを求めるみたいに四方に視線を散らし、視線をミゼリアへ戻すと、震えた声で言った。

「ち、違う。俺には何もない」

「苦しかっただろう。でももういいんだよ」

「は、ハッタリだ！　お、お前は何も知らないはずだ！」

ザック・ノルが積まれた本を蹴り飛ばし、大声を上げた。

ミゼリアは眉を下げ、いかにも同情しているように、

「わかるよ。やんごとなきお方から命令されては断ることもできない。君が悪いわけじゃない。状況が悪いんだ」

「――なっ！」

ザック・ノルが目を見開いた。

「『三大貴族』に命令されるなんて隕石が頭に当たるようなものだ。だけどね――」ミゼリアが眉を上げ、胸を力強く叩いた。「――もう心配はいらない！　私たちが君を解放しよう！

約束するよ！」

ブルブルと体を震わせると、ザック・ノルは膝をつき、項垂れた。

「……『あれ』は悪魔だ。人間じゃない」

「ああ、そうとも。『彼』は性格が悪すぎるよねえ」

「……転移門の作製だって断ろうとした。魔力増強薬だって」

「断ろうとしただけ立派だよ」

「……だが俺は自分の命惜しさに逆らえなかった。…………クロノスは捕まるのか？」

不安そうにザック・ノルが訊いた。

（——犯人の名前はクロノスか！）

「実を言うとね、私たちのいる分署はそういう一般の捜査官が手出しできないような大物を取り締まるための分署なんだ。安心してくれ。君は自由だよ」

「じ、自由……」

ザック・ノルは太い腕を顔にやり、おいおいと泣き始めた。元軍人とは思えない姿だった。

（本当にやりやがった）

口先だけで、ザック・ノルから情報を引き出してしまった。ザック・ノルはミゼリアが全てを知っているものだと完璧に信じ込んでいる。

ザック・ノルの肩を優しく叩きながらミゼリアが言う。

「我々はもう彼を逮捕できる状況にあるんだが、後始末は速やかに行いたい。作製した転移門を、主要なものでいいからリストアップしてくれないかい？」

視線が合うとミゼリアは両眉を上げた。

「まあ今日でなくともいいさ。ゆっくりとやってくれ。我々は仕事に戻るから」

そうして帰るそぶりを見せると、ザック・ノルが立ち上がってそこらにある紙を引（ひ）っ摑（つか）んで、壁に押し付けた。

「少し待っててくれ！」

「ああ。今でなくともいいのに」

「あの悪魔には散々こき使われたんだ！　こうでもしなきゃ気が済まない！」

ザック・ノルが猛烈な勢いで書き終えると、メモ紙を渡してきた。ミゼリアが懐（ふところ）に仕舞うまで熱っぽく見ていた。まるで女神でも見ているかのようだった。

「確かに受け取ったよ」とミゼリアが言った。「では私たちは帰るよ。協力に感謝する」

「あ、あんたの名前は！」

「リリア」

「あ、ありがとう！　リリアさん！　あんたのおかげで俺は……俺は！」

（感動的だな）

ザック・ノルに見送られ、部屋を出た。階段を下る途中でローグはミゼリアに訊（たず）ねた。

「全部ハッタリだったのか？」

「ハッタリというより、勘だね。犯人は絞り込めていたし」とミゼリアが言った。「ここに来るまでに犯人が『二大貴族』の誰かということは予測できていたんだよ」

「どうやってだ？」

「データベースに金の虹彩が登録されていないことが気になったんだよ。これまで我々は軍関係者が犯人であると予想して動いていたけど、軍関係者ならば虹彩情報が登録されていないのはおかしい」

「だが、それだけで『二大貴族』と特定はできないだろ」

「カトリーヌが焼き殺されそうになった日のこと覚えているかい？私は彼女にその時のことを詳しく訊いた。〈奪命者〉、奴は彼女のことを『魔女』と呼んだそうだよ。しかも過去まで知っているそぶりを見せた――これっておかしくないかい？　私たちの詳細は捜査官にですら秘匿されている。なのに、なぜ〈奪命者〉は知っているのだろう？　なぜ顔を見ただけで彼女が『魔女』だとわかったのだろう？」

「それは――」

ローグは第六分署に来る前、ヴェラドンナが言っていたことを思い出した。

『私みたいに偉〜い人は知っているけどねぇ』

捜査官でも局長クラスでなければ『魔女』のことを知ることはできない。たかだか一軍人が魔女を知っているはずがないのだ。

「もちろん地位だけ見れば政府の高官だとかも私たち魔女のことを知っているから、まだ絞りきれない。でも」

「虹彩か」

言いながらローグは自分の間抜けさ加減に呆れ返った。

思い当たるものが局長室に置いてあったではないか。

『二大貴族』たちの顔写真。皆が皆、金色の瞳を持っていた。それに対して不気味だとまで思っていたはずだ。

ローグの顔色が変わったのを捉えたのか、ミゼリアが頷く。

「そう。自分の生体情報を抹消する権利を持つ人間なんて、『二大貴族』くらいしか思い当たらない。まあ、誰がやったかまではわからないけど」とミゼリアは親指でザック・ノルの住居を指した。「幸いにも彼が早とちりしてくれたから、何とかなったね」

「『彼』とわかったのは？」

「それは完全に当てずっぽうさ。女だと言われたらどうしようかと思ったよ」

「……運がよかったな」

「だね」

車にたどり着いた。

ローグは何だか力が抜けてドアの前で空を仰ぎ見た。綱渡りをしたせいなのか妙に体が熱い。しかし満更でもなかった。

車に乗り込むとローグはエンジンをかけないで「ちょっと待て。局長に連絡する」と端末を耳に当てた。たっぷり十コールほどしてから、ヴェラドンナが出た。

「はぁいローグぅ。進展はどう？　こっちに帰って来れそう？」

「局長、少しお聞きしたいことがあります」

「うん？」

「『二大貴族』の中にクロノスという方はおられますか？」

「はぁ…………………」

長いため息の後、ヴェラドンナは言った。

「いるわよ」

ローグは思わず飛び跳ねたくなった。ミゼリアと顔を見合わせ歯を見せて笑うと、ミゼリアは目をパチクリさせた後、ローグに笑い返し、やったなローグ君、と小声で言ってきた。いや、何をやっているんだ俺は――

「ローグ？」

「ああ、はい！　……聞いて驚かないでくださいよ。そのクロノスという方が〈奪命者〉──」

「なのよね。わかっているわ」

「え」

なんだって。

ヴェラドンナの、あの甘ったるい口調が消えている。

「よくやったと褒めておきましょう。ローグ捜査官」

「どういうことですか、局長？」

「クロノス・ドラケニア──彼が〈奪命者〉の正体ということは私も把握しています。彼は私たちの頭痛の種だったわ。まさか『二大貴族』の中から殺人鬼が出るなんて」

「な、なんで知っていたのに止めなかったんですか」

「事情があるのよローグ。まず二大貴族は敵対し合っているということ。私たち魔術犯罪捜査局はドラケニア家の指揮下にあるわ。でもクロノスはドラケニア家の出身なの。身内の人間が捕まったりなんてしたら、彼らとしては非常にまずいわ。リグトン家が追及しないわけがない。それは阻止しなければならないわ」

「では犯罪者を見逃していたというわけですか」

「それは違うわ」とヴェラドンナが言った。「存在しない捜査チーム──そう、あなたたち第六分署の人員に捜査をさせれば、誰も介入できない。魔女を秘密裏に飼っていると国民に発表することはできないもの。クロノスを逮捕としたとしても、リグトン家もドラケニア家も知らぬ存ぜぬを通すしかない」

「だから知ってて放置したと？」

「ええそうよ。捜査局が表立って捜査することはドラケニア家への裏切りになるし、リグトン家に付け入る隙を与えるわ。だからあなたたちに任せるしかなかったの」

「そう、ですか」

と、ローグはその時初めて自分の声が震えていることに気づいた。

「クロノスはドラケニア家の機密魔術を盗んで逃げたわ。二大貴族の長の延命に使用されていた魔術よ。所有者の皮膚と融合して、生体時間を操作する効果があるわ。若返りも老いも思いのままね。他にも致死性の高い魔術があったらしいから、盗まれた魔術次第では私の首が飛びかねなかったわ」

それから愚痴のようなものが聞こえた。

「それにしてもせっかくの秘術を盗んでやることが犯罪とはね。もったいないわ」

「……はい」

「ローグ、あなたには感謝しているわ。個人的にディナーに誘いたいくらいに。まあそれはともかくとして、事件を解決し次第、管理官側にあなたの椅子を用意しておくわ。あなたはそれほどの働きをしました。事件解決を祈ります」

通話が切れた。

名状しがたい思いが胸の中でぐるぐると渦巻いている。

思い出すのは〈奪命者〉の犠牲者のこと。権力争いなど無視して、捜査局が全力を上げればこの事件はすぐに解決したのではないか――ハンドルに手を叩きつけ、警笛を鳴らしてしまう。ぷわんと住宅街に音が響く。

「……悪い」

まるで自分の声じゃないようだった。

捜査官は悪人を捕まえるためにいるのではないのか。

少なくともローグはそのために捜査官になった。手を伸ばせば届く距離にいる悪人を誰かの都合で見逃したりするためじゃない。面子だとか金だとかそんなものを気にすることになるなら捜査官になったりしない。

しかしふと思う。

――それは確かなのか？

ローグの隣にも悪人がいる。とびきりの悪人だ。こいつは裁かないで良いのか？

「元気出せよローグ君。事件はもうすぐ解決するじゃないか」

肝心の魔女からそんな言葉が聞こえた。

「これは君の成果だ。誇るべきだよ」

落ち着いたその口調に、無性に苛ついた。それだけじゃない。自分自身にも苛ついた。魔女に慰められている自分自身にも。

魔女は悪だ。

そうでなければならない。

考えていた時間はそんなに長くなかっただろう。だがその間ずっと、爆発しそうでたまらなかった。

「そうやって話してた奴を何人殺したんだよ、魔女が」

悪意を口から吐き出すと、思いの外すっきりした。

「事件が解決するだと？　ああ、確かに解決する。もうとっくのとうに手遅れだけどな」

魔女への悪意がどんどん加速していく。

「魔女のお前にも想像できるだろ？　死んだ奴は生き返らない」

悪意に急き立てられ、明かすべきでないものまで魔女を傷つけるための道具として持ち出す。

もう止まらない。

「お前ら魔女は俺の親を殺してくれたよ。親だけじゃねえ。隣のジジイも、学校の友達も、先生も親戚も全員、苦しんで苦しんでから殺された。散々やってくれたな。考えたことはあるか？　ある日突然何もかも滅茶苦茶になった奴の気持ちを。親が親の顔をしてないんだ。わかるか？　昨日まで笑ってた奴らがまるで別人になってるんだ。なあ、どうすれば良かったのか教えてくれよ。どうせお前も似たようなことをやったんだろ」

言い尽くした。

すぐに虚しくなった。

「は……関係ないか。お前たちにとっては、人間なんてただの玩具でしかないしな」

濁った瞳でミゼリアを見れば、変わらない笑みを浮かべている。ローグの言葉に動揺した様子など微塵もない。やはり魔女は人間と違う。

そう、視線を落とそうとした時だった。

「私はね」

ミゼリアが口を開いた。

「偽善者が嫌いだ。しかし残念ながら、世界にはそのようなものばかりだ。間違っていることを間違っていると言える人間は少ない」

「……それがどうした」

「私には君が正しいことをしているように見える」

「……口だけじゃなんの意味もねえよ」

「そうかい。それをわかっているのに、いつまでもここでこうしているのかい？」

ミゼリアがローグの顎を摑み、無理やり自分の方へ顔を向けさせた。

「ぐっ⁉」

「君のやるべきことは、今すぐ皆と情報を共有し、一刻も早く犯人を追い詰めることじゃないのかい？」

ミゼリアの蒼(あお)の瞳がローグを射貫いてくる。怒るでもなく、ただその瞳にローグを映している。

「……意外だな。魔女のお前がお説教か？」

「お説教とは心外だね。事実を言っているだけなのに」

「……何が事実だ……何が」

喉から熱いものが迫り上がってきた。耐えようとしたがとても耐えられない。

「何が成果だ！　慰めなんていらねえよ！　魔女のくせに慰めるな！　いい迷惑だ！」

ローグは顎を摑(つか)むミゼリアの手をはたき落とした。

パチンと音が響く。

「あ……」

と赤くなったミゼリアの手の皮膚を見て、声が漏れる。

「すま――」

「結構。君の言うことは正しいよ」

ミゼリアが首を横に振った。

「でもね、いたずらに時間を浪費するのはやめた方がいいと思うんだ。包囲網を縮めていくにあたって、〈奪命者〉がやけを起こさないとは限らない」

魔女なのに、魔女であるのに――今の自分にはミゼリアがまるで捜査官のように見えた。それも、悩み傷ついている後輩を諭すような、ベテランの捜査官。

「俺はお前を殴ったんだぞ！　謝るくらい――」

「殴られたのかい？　私は」

ミゼリアはとぼけたように首を傾げてみせる。反論も封じられた。

自分が情けなくて仕方がなかった。

上の権力争いなど塵ほどもローグには関係ない。なのに、真実を知って何を戸惑っている。やるべきことがあるのに。

と、ローグの頭に何かが触れた。感触からしてこれは――手？

「頑張ったよ君は」

ミゼリアがそう言うと、髪を梳かすようにゆっくりと指の腹で頭を撫でられる。悪くはない――どころか、心地良ささえ覚えた。

そんな自分の反応に凍りついていると、ミゼリアの声が降って来る。

「よく頑張った。そういう君だから私は協力してやろうって気になったんだよ。他の奴だったらそんなことしない」

「……やめろ、恥ずかしい」

自分を撫でる指を、やんわりと押しのけようとするとミゼリアは、

「やめて欲しかったら、さっきみたいに手を叩いたらどうだい？」

その言い方はずるい。

「……断れないだろうが」

顔を背けると笑われた。

「ふふ、されておけばいいんだよ君は」

「……うるせえよ」

「あ、耳真っ赤だ。やーいやーい！」

眉間にぐっと皺が寄る。言い返す代わりにローグは目を閉じた。

こいつは本当に魔女なのだろうか。捜査官を五人殺したと言った。皇国に災いをもたらしたことも知っている。拷問はする。言うことだって大概悪辣だ。しかし、ローグは傷の一つも負っていない。だからミゼリアが魔女であることが疑わしくなる。本当に罪を犯したのか。

絆された──わけじゃない。

でも、もう少しこのまま撫でられていたいと思った。

結局のところ、事件が解決したら自分は第六分署からいなくなるのだから。

◇

五区と六区の狭間にある塗装屋――ザック・ノルの寄越したメモはそこを示していた。これまでの隠れ家と違い、小綺麗な建物だ。正面のシャッターは既に開いているが、薄暗く、中が見えない。ローグは傍らのカトリーヌに目線で裏口へ行くよう合図すると、シャッターをくぐり抜け、一人で中へ入った。

入るなり、部屋の片隅に人影があるのが見えた。その影の両目に当たる部分がまるで猫のように光っている。貴族しか持たない金の瞳。逸る気持ちを抑え、慎重に歩を進めると声がかかった。

「やあ、こんにちは」

馴れ馴れしい男の声だった。

「直接会うのは初めてだね。話には聞いているよ、ローグ・マカベスタ捜査官」

「手を挙げて壁の方を向け」

応じずに言うと、笑い声がし、続いてスイッチが入る音がした。電灯が点き、一瞬目が眩んだ。

「待ち侘びていたよ。僕を追う人の姿を知っておきたくてね」

照明のスイッチに手をかけたままの姿勢で、〈奪命者〉──クロノス・ドラケニアは立っていた。

整った顔の青年で、金色の瞳を細めながら、口元には優しげな笑みを浮かべている。

「手を挙げろ」

もう一度言った。

「犯人と捜査官の念願の対面じゃないか。せかせかしちゃもったいない」

スイッチから手を離し、悠々とクロノスが歩いてくる。

「話をしよう」

「何だと？」

「語り合わないとわからないこともあるだろう？　僕の話を聞けば君も考えが変わるよ」

五メートルほどの距離でクロノスは立ち止まった。武器を持っているようには見えないが、しかし刻印を体に刻んでいれば関係なくローグを攻撃することができる。

訝しむローグへクロノスが両手を広げ、無手をアピールし、

「悪いことをすると魔女がやってくる……聞いたことはないかい？」

そう言った。

一瞬固まった。

なぜ今その話を持ち出してくるのかさっぱりわからなかった。そもそもそれは——

「……おとぎ話だろ」

子供に言い聞かせるためだけのもの。本物の魔女とは似ても似つかず、幼い頃にしか信じることのできない偽物だ。

しかしクロノスは頷いて、

「そう、確かにおとぎ話だ。だけどおとぎ話でなくなる方法があったとしたら？」

「……どういうことだ？」

「よく考えてみてよ、この話がおとぎ話になっているのは、魔女の脅威が忘れ去られているからだ。遥か遠い出来事のせいで皆実感できていない。でも、魔女が現代に存在していれば誰がこの話を笑えるかな？」

確信めいた響きがあった。そうなるだろうという自負。ローグはそれを否定しきれなかった。なぜならローグは既に魔女がどうであるかを知っているからだ。

クロノスは言う。

「悪事は決して止むことはない——だったらね捜査官さん。その『量』を制御してしまえばいい。一つの絶対的な存在によって、悪が必ず報いを受けるという前提を作り上げるんだ。誰もが平等に裁きを受ける。そうなれば恐怖によって自動的に悪事は抑制される」

「……それがお前の目的だと？」

「そうだよ。僕はそのために殺人を行っている。言うなれば魔女の時代の再現さ。きっと世界は今より良くなる」

相手にしたこと自体が間違いだったと、ローグは思った。無茶苦茶な理屈だ。認められるわけがない。

だが、本当にそうだろうか。

第六分署の魔女たちが首輪を付けていなかったとしたら、その強大な力を解放したとしたのなら、クロノスの理屈は通用するのではないか。

「……」

湧いたその考えを、すぐさま否定する。絶対に受け入れられない。それが成立するまでに一体どれだけ無関係な人間が犠牲になるというのだ。

黙りこくったローグにクロノスは微笑むと、

「僕はこの計画の成功を確信しているよ。君にも仲間になってほしいくらいなんだ。ローグ捜査官」

熱に浮かされたように言って、自分の左腕に触れた。妙な手つきだった。自らの腕であるのにまるで危険なものを触れるように、慎重そうに見えた。

――二大貴族の所有する機密魔術。所有者の皮膚と融合することによって効果を発揮するとヴェラドンナは言っていた。

「魔女は魔術と融合している。それを達成できれば条件のほとんどをクリアしたと言ってもいい。もちろんまだ僕の融合は不完全だ。『皮膚』にしか融合できていない。でも、いずれ僕は真の魔女になる。その時には魔女の時代の復活さ。君にも僕の成果を……」

クロノスは言いかけ、首を横に傾けた。

裏口から回り込んできたカトリーヌが、クロノスの背後に立っていた。

「……動かないでください」

クロノスの演説が聞こえていたのか、何か必死に堪えるような顔で、彼女は言った。

「そっちの君はあの時の魔女か。生き残ってくれて何よりだよ。できることなら魔女には死んで欲しくないからね」

「……あなたと話すことなんてありません」

カトリーヌがそう言うと、クロノスは朗らかに手を差し伸べた。

「ねえ？　君は僕のことを手伝う気はないのかい？　魔女の君が僕と手を繋げば、世界はあっという間に良くなるはずさ。どうだい？〈聖女〉。また誰かを救う気はないのかい？」

カトリーヌが唖然としている。ローグも怒りのあまり何も言えなくなった。差し伸べられた手をはたき落とすと、手錠を取り出し、ありったけの敵意で睨みつけた。

「お前を逮捕する」

腕を掴まれながらもクロノスが言った。

「いつでも協力してくれて良いよ。僕は気が長い方なんだ」

「……もう口を開くな」

手錠をかけると吐き捨てた。

「お前を殴りたくて仕方がない」

◇

「――はい。失礼します」

ローグはヴェラドンナとの通話を終えた。魔女たちの視線が自分に集まっている。

会議室の端まで届くように、はっきりとローグは言った。

「〈奪命者〉は明日、『二大貴族』の者が引き取りに来るらしい。まあ、まともに裁判されるかどうかは知らんが、ともかく――事件解決だ。お前たちの協力に感謝する」

やかましい魔女たちの声が聞こえてくる。

「もっと感謝しろー」だの「金寄越せー」だの「膝枕させろー」だの、うるさい。

「わかったわかった！　何とかしてやるからとりあえず静かにしてろ」とローグは言った。

「最後くらい静かにできないのか」

「捜査官……本当に行っちゃうんですか？」

そう言ったのはカトリーヌだった。家を出る飼い主を引き止める子犬のような目でローグを見ている。

ローグは一旦躊躇し、

「――ああそうだよ。元々そういう話だ」

言い切った。

「でも、でも、第六分署でも捜査できるじゃないですか。わざわざ他のところに行かなくても……」

「『欲張りは残るべからず』」

「え、何ですか？　急に」

首を傾けるカトリーヌに言う。

「捜査官の中でよく言われる警句だ。欲しいものがあったら死なないうちにとっとと辞めろって意味だな。新人はどいつも最初に教えられるよ。命の保証は誰にもできないってな」

「それは……」

カトリーヌは言い淀む。ひょっとして次の台詞を予測していたのかもしれない。

「局長は俺に管理官の椅子を用意している。現場から完全に離れるというわけでもないが、犯罪者どもとドンパチするより、よっぽど安全な階級だ。——ようするに、俺はもう現場はこりごりなんだよ」

カトリーヌが俯いてしまった。ローグは自分の頭を乱暴にかく。

「まあ……いいんじゃねえの？」フマフがうとうとと頭を揺らしながら言った。「お前はただの人間だしな。あたしらとは違う。死なないうちにとっとと離れておけよ」

「一理あるね」

ミゼリアがローグの方に顔を向け、

「逃げられるうちに逃げないと、出口はすぐに閉じてしまう。明日、クロノスを引き渡したらここの存在はもう忘れてさ。次の昼食をどこで食べるかってことでも考えておいたらどうだい？」

「……ああ」

ローグは無表情に頷いた。ミゼリアは普通に話しているが、車で撫でられた時のことを思い出すと、叫び出したくなる。何も感じていなそうなミゼリアが信じられない。どうなっているんだ。

ミゼリアが大仰に手を振りかざし、

「皆、第六分署で生き延びた幸運な新人を讃えてあげようじゃないか。ほら、拍手拍手～」

魔女たちを扇動した。

フマフがあくび交じりに拍手をし、カトリーヌが鼻をすんすんと鳴らしながらバチバチと手を叩く。アンジェネがニヤけ、事務員のリコが離れたところから控えめに手を鳴らすのが見えた。

ローグは肌がむずむずしてきて魔女たちに背を向けた。後ろで「おやおや、恥ずかしがってるよ。皆もっとやってやれ」とミゼリアが言うのが聞こえた。馬鹿野郎。

と、今度はリコが巨大なピザを抱えてやってきた。テーブルに広げ、切り分けていく。さらにワインのボトルも運んできた。

事件解決の祝いだとでもいうのか。魔女たちに背を向けた。魔女たちがそんな発想を持っているとは思わなかった。戸惑っているうちにグラスを持たされ、魔女たちが囲む輪の中に追いやられ、ミゼリアにワインを注がれる。そして、グラス片手に期待するような眼差しを魔女たちは送ってきた。

「か、かんぱーい……」

言うしかなかった。

◇

追い出し会を終え、ローグの身だしなみは乱れていた。洗面所で顔を洗うと、思考を切り替える。楽しい時間は終わりだ。

ローグにはやるべきことが残っていた。

クロノスの独房に向かう。奴に聞かなければならないことがある。

しばらく歩き、クロノスの独房に着く。奴はベッドに腰かけ、前屈みで目を瞑っていた。

「おい」

クロノスが片目を開けた。

「君か。僕に何の用？」

「ザック・ノルを脅していたな。どうやった」

「ああ彼ね。転移門の設置を手伝ってくれなきゃ、虐殺を家族や友人にバラすって言っただけだよ」とクロノス。「浄化戦争の記録をちょっと拝借してね。ミジカ村ってところを彼が全滅させたんだ。作戦行動には全く関係のないところでね。本来なら攻撃する必要はなかったんだけど、まあ成り行きでやっちゃったみたいだ」

閉じていた左目を開け、クロノスは、

「申し訳ないけど利用させてもらったよ。相当後悔してたみたいで、匂わせるだけで済んだ。まあ可哀想な人なんだよ、彼は」

同情しているようなことを言っているが、本心を吐いているようにも見えなかった。こんな会話は早く終わらせる。ローグは本題に入った。

「ザック・ノル以外にも協力者がいたはずだ。でなければあんな量の刻印を設置できるはずがない」

「あまり他の人の手を借りるのもどうかと思ったんだ。彼だけだよ」

「とぼけても無駄だぞ。じきに全て明るみに出る」

「信じてもらえないなら仕方がない。諦めるよ」

「……随分余裕そうだな。ドラケニアの奴らがお前を許すと思うか」

ローグはクロノスから見えない位置で拳を強く握る。気に食わない。こいつの言動の全てが。

「さあ？　許すかもしれないし、許さないかもしれない」

クロノスが髪をかきあげ、両眼でローグを見た。

（こいつは）

魔女たちと同じ目だ。超然とした、人間の存在を何とも思っていないような目。

背筋がぞくりとした。

クロノス・ドラケニアは牢にいながら、まだ諦めていない。

（この期に及んで、何を企んでいやがる）

「僕の心配をしてくれて嬉しいんだが、君こそ平気なのかな？」

「何だと？」

クロノスがいかにも心配そうに眉をひそめ、

「『三大貴族』のところにいた時にこんな話を聞いたんだ。――一言で言えばその分署に配属された捜査官は必ず殺されるって話さ」

ローグは一瞬キョトンとし、鼻で笑った。

「俺もそう思っていたんだが、あいにくガセだぜ」

クロノスが悲しそうに首を振った。

「捜査期間中に殺すわけないじゃないか。それだと魔女たちが自由に行動できる時間が減ってしまう――殺されるのは捜査終了後だよ」

心臓が強く跳ねた。

何を言っている。

「昨日の夜、ミゼリアとかいう魔女が訪ねてきたんだ。なんて話をしたと思う？　君が署の敷地を出た瞬間に頭を撃ってさ。だから気をつけた方がいいよ」

「そ、そんな、う、嘘だ……」

口の中がひどく乾いた。

あいつが俺を殺す？

ミゼリアの顔が頭に浮かぶ。カラカラといつも笑っていた。皮肉と悪意とそれからほんの少しの優しさ――それらが入り混じった奴だった。それに昨日だってローグの頭を撫で――

「悲しいことだけどさ、彼女たちは魔女だよ。人間一人殺すのだって朝飯前さ」

クロノスが言った。

――いや違う。

何かがおかしい。

何かが。

「――〈首輪〉だ」

回路が繋がったように口から出た。

魔女の〈首輪〉。なぜ忘れていたのだ。あれがある限り、魔女は人を殺せないというのに。人を殺したら、その魔女まで死ぬというのに、なぜミゼリアがローグを殺すのか。

「お前は嘘を――」

クロノスに向かって怒鳴ろうとすると、ローグは膝から崩れ落ちた。脚に力が入らず、目の前の景色がぼやけて見える。

（一体何が……）

意識もまるで夢の中に落ちるようにぐらついてくる。目を閉じれば、すぐにでも眠ってしまいそうだった。

「ありがとう助かったよ！」

クロノスの朗らかな声が聞こえる。

それと誰かが歩いてくる気配。

渾身(こんしん)の力を振り絞り、頭を起こした。

ローグを見下ろす影が見えた。照明からの逆光になっていてよく見えない。

と、影が一歩前に進んだ。ヴェールを剝がすように顔が見えた。

「ごめんなさい」

カトリーヌだった。

三章　魔女の首輪は外せない

朦朧とする意識の中でローグは、どうやら自分は車でどこかに運ばれているようだとわかった。

防腐剤の臭いが鼻につき、時折、寝かされている床が振動する。手足を縛られていて身動きが取れない。目を開けていても視界は真っ暗。

(ここはトランクの中か……)

そこで意識が途切れる。

次に目を覚ましたのは風の音が聞こえたからだ。

ローグの首元を風が撫でていく。潮の香りがする。

と、体を支える床がないことに気づいた。ローグの横ではカトリーヌが歩いている。ローグの姿勢は寝かされたままで、それでいて視界は高く、カトリーヌと平行だった。

(浮遊魔術か)

ぼやけた頭で、何とか見当をつけた。

前方にはクロノスがいた。水平線が広がっている。空は暗く、肌寒く感じる。夜中になっているようだ。湾岸部まで来たということは、一体どれだけの時間運ばれていたのか。

「ここはね、正真正銘、最後の隠れ家さ。海外から別名義で倉庫とここら一帯を買ったんだ。まあ従業員には悪かったけどね、想定外のことはどうしても起きるものさ」

クロノスが言った。ローグではない——カトリーヌに向かって。

「そう、ですか」

「もっと喜んでくれよ。君のおかげで僕は助かったんだから」

「でも……」

巨大な倉庫が見えた。鯨が何頭も入りそうなほど大きい。正面のシャッターは閉まっていて、裏口に回る。電子ロックらしくクロノスが番号を入力し、扉が開く。

中にはコンテナが等間隔で並んでいる。身動き一つできないまま進んでいく。やがて裏口が完全に見えなくなった頃、移動が終わった。

「よし、そこに下ろしてくれ」

クロノスが言うとローグの体がゆっくりと下降し、うつ伏せに倒された。

「催眠も解いてくれよ。彼にはぜひ、しゃきっとした頭で話を聞いて欲しいからね」

「……精霊さんありがとう」

　カトリーヌの声がすると、頭にかかったモヤが急速に消えていき、視界も良好になる。カトリーヌとクロノスに頭上から見下ろされていた。咄嗟に体を起こそうとするが、ろくに起き上がれず額を打ちつけた。見ると四肢に縄が巻き付いていた。

「やっぱりすごいなあ。何の準備もいらないなんて。さすがは〈聖女〉だ」

　クロノスが膝を折り、ローグの肩を揺すってきた。

「ほら、顔をあげなよ」

「……どうしてだ？」

　なぜ、クロノスとカトリーヌが一緒にいる。

「あの……捜査官……」

　カトリーヌが両手で顔を覆った。肩を震えさせ、今にもへたり込みそうだった。何をすれば彼女がここまで追い詰められるのか。ミゼリアに責め立てられていた時だってこんな姿は見せなかった。

「お前……カトリーヌに何をした！」

　地べたからローグが吠えてもクロノスは平静に、

「別に何も。ただ僕は彼女について少しばかり詳しくてね。『記録保管庫』ってところで皇国の『歴史書』を見たのさ。まあ、それがたまたま彼女のページでね。彼女のやったことについて知れたんだ」

「……やめてください」

カトリーヌが嗚咽交じりの声を出した。

「……捜査官には言わないで……」

それを聞いたクロノスは「言わないわけにはいかないだろう」と苦笑し、ローグに向き合った。

「ねえ、捜査官さん。魔女がなんで魔女と呼ばれているか知ってるかい？」

「……皇国に大きな災いをもたらしたからだろ」

「それもある。けど正解じゃないな」

「……力があるからだ」

「それも違う。わかんないかなあ。……正解を言うけど、魔女が魔女と呼ばれる所以はその精神さ」

クロノスが自分のこめかみをトントンと叩く。

「狼が羊を喰うのは当然だ。そうしなくちゃ生きていけない。でも、羊が羊を喰っていたら？　肉なんて喰う必要がないのに、同族を殺して貪るんだ。捜査官さん、僕の言いたいことは、つまりだ。――魔女は同族喰いの獣だよ。能力があろうとなかろうと関係ない。だって優れた力を持たずとも魔女は自分の欲望を満たせるんだからね」

言ってクロノスがカトリーヌを指した。

「〈聖女〉カトリーヌは火山の噴火から故郷を救えなかった。でもそれは真実じゃない――彼女は救えなかったんじゃない。救わなかったんだ」

「……もうやめて……やめてください」

カトリーヌの足元に掌から溢れた雫が見えた。

「もう演技はやめたらどうだい〈聖女〉？　今の状況も楽しんでいるんだろう？　他人を裏切るのが君の生きがいのはずだよ」

カトリーヌの顔を覆う手をクロノスが無理やり引き剝がした。涙でぐしゃぐしゃになっている彼女の顔は笑っていた。誕生日が来た子供ならきっとこうなるだろうという顔。

「捜査官、見ないでください……！」

泣きながらも嬉しそうだった。気の弱そうな眉は吊り上がり、口元は艶やかに弧を描いている。

「カト……リーヌ？」

視界に映る光景が信じられない。

「嘘だろ……嘘って言えよ！」

「ご、ごめんなさい捜査官！　嘘じゃないんです……！　わたし！　今、『すごく』興奮してるんです！」

「な、何でだ……⁉　残酷な犯人を野放しにしてはおけないって言ってたじゃないか⁉　それも嘘なのか!?」

「嘘じゃないです!」

カトリーヌは、ローグの言葉をかき消すように叫んだ。

「人が酷い目に遭ってるんですよ!? そんなの可哀想に決まってるじゃないですか!? 許しておけるはずがありません!」

痛切な声だった。

嘘を吐いているとはとても思えない。被害者の痛みを想像し、助けてあげたいと願っている、そんな感情が伝わってきた。

だからこそ。

「でもそれだからいいんです! わたしを信じてくれた人が、悲しそうな顔をしたり、怒ったりしながら死んでしまうのが、わたしは大好きなんです……!」

何を言っているのか理解できなかった。

「ざ、ざ」

カトリーヌは何度もつっかえながら言った。

「ざ、罪悪感って気持ち良くて! ほ、本当は我慢しようと思ったんですよ……? で、でも、

ローグ捜査官はすごくいい人で、こんな人の信頼を裏切ったらどうなっちゃうんだろうって！　想像したら頭から離れなくなって！」

声がどんどん大きくなり、カトリーヌの瞳から、次々と涙が垂れてくる。きっとそれは本気で悲しんでいる証拠なのだろう。

「ごめんなさい！　あなたを裏切ることになって、殺すことになってしまってごめんなさい！　わたしのことをどうか恨んでください！　わたしを許さないでください！」

この言葉も本気で言っていることなのだろう。

だけど。

カトリーヌが何か言う度、ローグの心臓は冷えていくのだ。

「ごめんなさい……！　ごめんなさい……！」

カトリーヌは懺悔しながら笑っていた。ローグを見ながら笑っていた。

（ああ、――そうか）

ローグはミゼリアの言っていたことがようやくわかった。

『私は正直者が好きだよ。でも君は嫌いだな。どういうことかわかるかい？　――〈聖女〉カトリーヌ？　何も救えない哀れな魔女さん』

それは正しかったのだ。ミゼリアは最初からカトリーヌの性質を見抜いていたのだ。カトリーヌは誰も救えないし救うつもりがない。それでいて救えないことを悲しんでいる。——まさしく嘘吐きだ。

呆然としているうちに、革靴が移動して来るのが見えた。

「君を昏倒させたのは彼女さ。〈催眠〉でね。それから僕を牢から出してくれた。まあ魔女たちの追跡にはどうしようかと思ったけど、それも彼女がかけてくれた〈隠蔽〉でどうにかなった」

声がすると、クロノスが膝を折り曲げ、顔を近づけてきた。

「昨日、魔女のミゼリアが訪ねてきたと言ったね。あれは嘘だ。訪ねてきたのは〈聖女〉だよ。『歴史書』のことを思い出して、助けてくれと言ったら、あっさりとこっちに寝返ったよ。予定外の幸運といった感じだね。でも本当はもっと別の手段を使うつもりだったんだ。——それは君だよ」

膝立ちのままクロノスが左袖をまくった。腕にはびっしりと赤黒い魔術刻印が刻まれている——いや、これは刻印なのだろうか。刻まれている文字そのものが腕の上で這い回っている。まるで生きているみたいに。

「〈時間操作〉さ。機密魔術との融合はこうなるみたいだ。本物の魔女ならばもっと上手く融合しているんだろうけど」

　自嘲気味に言うとクロノスがローグの頭に手を乗せ、

「■■■■」

　理解できない言葉を放った。

　世界中で使われているどの言語にも似ていない。

（詠唱した……のか？）

「魔術に命令するための純粋な言葉さ。ちなみに今のは『時間よ逆流しろ』という命令だよ」

　時間を逆流……老化させるのではないのか。ローグが戸惑っているとクロノスは、

「取引しよう。この魔術を使えばいくらでも延命できる。二大貴族の長の年齢を知っているかい？　途方もないよ。僕と組めば君もその恩恵を受けることができる」

「……取引？」

「そうさ。君ほどの手練れが仲間になれば心強いし、何より捜査局の内部情報を得ることができる。それに君は不老になれるんだ。悪くない話だろう？」

　親愛の情のようなものさえ滲ませながらクロノスは微笑んだ。

　ローグはそれに一瞬呑まれかけた。

　だが、絶対に相容れない点が一つあった。

「……質問したい」

「ああ。いいよ」

微笑みながらクロノスが言う。

「……お前は魔女の時代を作りたいと言ったな。今まで何人犠牲にしてきた」

そうローグが言うと、クロノスの微笑みが崩れ、何か記憶を探り出しているかのように片眉が吊り上がった。

「百を少し超えたあたりだと思うけど、正確なところはわからないな。〈時間操作〉は老衰死させるのが基本なんだけど、生体時間を逆流させて存在を消滅させることだってできるからね。ここの従業員も含めるとしたら、いくらか数え間違いが――」

話を聞いているうちに、心臓が早鐘のように打ち出した。

〈奪命者〉の大義名分。そんなことはこいつにはどうでも良いのだ。薄っぺらな仮面で自分を騙し、ただ得た魔術で遊んでいるだけなのだ。

それがわかった瞬間、いてもたってもいられなかった。

「……て」

「ああ、なんだい」

「てめえええええええええええええええっ！」

ローグはクロノスの足首に噛みつこうとした。クロノスはそれをひょいと躱し、顎を蹴り付けた。

「――――っ」

「困ったな、取引失敗か。上手くいくと思ったんだけど。これじゃ消滅させるしかないじゃないか」

顎が揺れて、視界も揺れる。

燃えるような怒りが湧いてくるのに、体は冷たくなっていく。指先まで温度を感じない。

——俺はここで死ぬのか？

仲間にも裏切られて、何にも残せず死んでいくのか？

「あ？」

クロノスがキョトンとする。

「何やってんのさ」

ローグは答えない。

代わりに全身を這うように動かす。手足が使えないが、こうやって少しは移動できる。

「逃げられるわけないじゃないか。そこまでして逃げたかったのかな？　がっかりだよ捜査官さん」

勝手に言っていろ。ローグがここで死んだら、誰がこいつのことを伝えるというのか。

こいつの悪事を衆目に晒すまでは、死ねない。

少しでも、少しでも痕跡を残さなければ——

「興醒めだよ、もう。今すぐ死ね」

クロノスが手をかざしてきた。

——あ。

その瞬間、クロノスの肩が弾(はじ)けた。血がしぶき、ローグの体に降りかかる。クロノスが地面に倒れ、転げ回った。

「あぐあああああ！」

そしてギョッとした表情を見せた。

「よく生きていてくれたな、ローグ君」

聞き覚えのある声が上からした。

「いやあ、意外と当たるものだね、拳銃も」

ミゼリアがコンテナの上で、手に持った拳銃をしげしげと眺めていた。

「み、ミゼリア！」

「やっと名前で呼んでくれたね。でも、何もこんな時でなくてもよかったのにね」

ミゼリアがイタズラっぽい笑みを浮かべる。

「そ、それこそ今はどうでもいいだろうが！」

感情がごちゃ混ぜになりながら、ローグは叫び返した。

「それもそうだね」

コンテナからミゼリアが飛んだ。音もなく着地する。そして、蒼い瞳をクロノスに向けた。

「――ひっ」

「いかん、いかんなあ、怖がっちゃ。男だろ？」

ミゼリアが肩をすくめた。

「……〈人形鬼〉だな！　精神支配で人間を人形にするんだろ」

後退りしながらクロノスが言った。「だが、その分効果範囲は限られている」

「ふうん、まあそうだね。でも、もう君の精神は『掴んだよ』」

ミゼリアが足を踏み出すと「ん？」と言った。

「ここまで来ても邪魔をするのかい？　カトリーヌ」

カトリーヌが行く手を阻むようにミゼリアの前に立っている。

「……術は解きました」

呟くようにカトリーヌが言った。

「そ、そうだ。足止めしておいてくれ！　僕はまだ死ぬわけにはいかない。魔女の時代を作るんだ！」

クロノスが立ち上がり、走り出す。

「待て、逃げるな！」

ローグが言うが、クロノスはコンテナの間に入り、姿が見えなくなる。

「——くそっ」

悪態を吐くとパチンと指を鳴らす音がし、ローグを縛っていた縄がぷちりと切れた。驚いてミゼリアの方を見た。

「追いたまえ」ミゼリアがニヤリと笑いかけてきた。「あいつに一発キツイのを入れてやりたいだろう？」

「ああ！」

ローグも口角をあげる。

今、一番やりたいことだ。

◇

去って行くローグを目で追いながら、カトリーヌが言った。

「死んでしまいますよ、捜査官が」

ミゼリアは見向きもせず、のんびりと伸びをしている。

「どこかで聞いたようなセリフだなあ。ま、うちのローグ君はしぶといんでね。心配は無用だよ」

カトリーヌの涙は既に止まっている。涙を拭うこともなくミゼリアを睨みつける。

「おや、何か気に障るようなことを言ったのかなあ？　すまないね。心の機微には疎いんだ」

「減らず口を……ここにはどうやって来たんですか？　探知魔術には引っかからないようにしていましたが」

「自分の胸に聞いてみるといい」

ミゼリアがトンと自らの胸を叩く。彼女の動きから目を離さず、胸元に手を入れた。下着の外側に何かが張り付いていた。小蝿のように小さな機械。

――アンジェネの盗聴器！

「一体どうやって……!?」

カトリーヌは言った。

「身の回りにいる人たちとは仲良くしておくべきだよ。特に私たちの服を毎日洗濯してくれる人とはね」

リコか。

思い当たり、カトリーヌは歯軋りをする。

やはりミゼリアは強敵だ。魔術がという意味ではなく、常に人の裏をかこうとする性格が厄介だ。このまま喋(しゃべ)らせていても良いことはない。

「精霊さん――」と呟(つぶや)き、両腕を左右に広げ、掌(てのひら)を上に向けた。

左手――風が鳴り、光球が掌(てのひら)から少し上に出現する。光球を中心に大気が渦を巻き、渦に塵(ちり)が吸い込まれていく。最初はつむじ風くらいのものだったのが、倉庫の天井に届くくらいまでの渦に成長する。

右手――赤球が出現する。野球ボールくらいの赤球は一秒毎(ごと)に肥大化していき、野球ボールからバレーボールに、バレーボールからバランスボールに、さらに乗用車と同じくらいのサイズになると肥大化を停止した。

風がお互いの髪を激しくなびかせ、赤球が発する熱がじりじりと肌を焼く。

「これまた大した魔術だね」

ミゼリアが感心した風に言う。

「〈風刃(ブレード)〉と〈焼陽(シャイニング)〉か。〈首輪〉の制限を超えてないかい？」

「問題ないです。――それより自分の心配をした方がいいですよ」

「心配ならしているとも。ミンチになった後、ハンバーグにならないように気をつけるってことだろう？」

「あなたは――！」

ミゼリアはどこまでもふざけてみせる。カトリーヌの激情をのらりくらりと避けてみせる。

それが腹立たしくてたまらない。

その上、あの瞳。

——蒼色の瞳がまるでカトリーヌの全てを掌握しているように射貫いてくる。

以前からそうだった。カトリーヌは自分を信じてくれる人を裏切るのが好きだ。その人の心が傷つくと自分も傷ついたように感じる。それが好きなのだ。カトリーヌは自分の心を傷つけたくて仕方がないのだ。しかしミゼリアはそんな自分をあの瞳で覗いてくる。あの冷たい蒼の瞳で。そうするとまるで冷や水を浴びせられたような気分になるのだ。

裏切りたいのに。

傷つきたいのに。

自分が『魔女』だと気づいたのは二千年前だった。友達が賊に襲われ、助けようとしたけれど、間に合わなくて矢がお腹に刺さって貫通してしまった。賊を壊滅させた後に、友達を抱き上げると、もうすっかり冷たくなっていて目がうつろになっていた。

その時はまだ生きていた。

でも、友達の肌の冷たさと、彼女が死んでしまうかもしれないという焦りがカトリーヌを茫然とさせているうちに、友達は腕の中で動かなくなった。

胸に去来したのは、もう取り返しがつかないという絶望と、罪悪感。

それと喜び。

取り返しがつかなくなってしまったのはカトリーヌも同じだった。それからずっと人を裏切り続けている。善人の仮面を被って、自分を騙し、他人を騙し、喜びを感じている。

だからミゼリアを殺す。騙せない人間は殺さなければならない。

カトリーヌは両手を交差させた。掌に浮かんでいた二つの〈魔術〉が〈人形鬼〉に向かって射出された。

◇

ローグは全力で走っていた。前方からはクロノスの足音が聞こえてくる。それを頼りに走り続ける。

自分が今、倉庫のどこにいるかはとうにわからなくなっていた。

(広すぎるんだよ! くそ!)

心の中で罵る。

背後から爆発音がした。肩越しに見ると竜巻が遠くで巻き上がっていた。向こうの戦闘はもう始まったらしい。激しい爆発音が何度も響いている。

（本当に同じ人間かよ⁉）

　規模が違いすぎる。これで魔力を制限されているとは信じ難い。

と、クロノスの足音が急に消えた。ローグは慌てて止まった。コンテナで作られた通路を見回す。見える範囲にクロノスはいない。

「鬼ごっこは終わりか！」

　コンテナの間を一つ一つ確認しながら、ローグは叫んだ。

「鬼ごっこ？」どこかからクロノスの声が聞こえた。「最初から逃げるつもりなんてないよ。君はここで殺す。目障りな魔女はあの子が相手をしていることだしね」

「逃げてばっかりの野郎が勝てると思っているのか！」

　ローグはとにかく声を出した。クロノスが怒って冷静じゃなくなれば儲け物だし、何より言い返さなければ腹が立ってしょうがない。

「勝てるかだって？　愚問だね。時間が『逆流』しているのを忘れているのかい？」

　はっとして、自分の腕を見た。服の裾が長くなっている――いや自分が小さくなっているのか。意識を体に向けると、途端に違和感を覚えてきた。視線が低くなっているような気がするし、靴の先も余っているような気がする。

「さあ、どんどん縮んでいくぞ。僕を見つけてみせろよ」

「くそっどこにいやがる！」

近くにいるのは間違いない。

だが、声が聞こえるだけで姿が見えない。ミゼリアに撃たれたはずであるが、止血をしたのか血痕もない。

コンテナ間を駆け回る。その間にも声が聞こえる。

「そこじゃないよー」

「どこ行ってんだよ。違うってば」

「急げ急げー。早くしないと消滅するぞー」

クロノスの声は常にローグに張り付いてきた。後ろにいるかと思ったら、前から声がし、右にいるかと思ったら、左から呼びかけられる。

額に汗が滲む。

息が切れる。かなり苦しくなってきた。角を左に曲がろうとすると、靴がすっぽ抜けて前に飛んでいった。

「はあ……はあ……」

ローグは荒い息を吐きながら立ち止まった。

足のサイズが靴と合わない。靴がまるで大男が履いているもののようにでかい。

ジャケットもぶかぶかで、袖を何回も折り返さなければ、腕が出ない。

（……不味い）

看過できないほどに体が縮んでいる。

生体時間の逆流はこれほど速いのか。焦燥感で頭が焼けそうになる。しかしクロノスは絶対にこの場にいるはずだ。外に出たりはしていない。ローグの死に様を近くで見たがっているはずなのだ。

「どうしたんだい？　諦めたのかな？」

声が、左角のコンテナから聞こえた。

そこにいる。が、ローグは動かなかった。

去来したのはある考えだった。

足音が消えたのは。隠れるために立ち止まったのではなく、靴を脱いだためではないのか。

ローグはそっと耳をすませた。

衣擦れの音がする。ローグは一ミリも動いていないのに。

（やっぱりだ！　奴はすぐそばにいる！）

それに僅かだが呼吸の音もする。砂利を踏む音も聞こえる。どちらも注意深く聞かないと気付けないほど小さい。きっと、走り回っていたら決して気付けなかっただろう。

砂利を踏み締める音が近づいてくる。

しょりしょりと。

——待て。まだだ。

ローグは再び歩き出した。

しょりしょり。

振り向きたくなる衝動をぐっと抑え、歩く。

──まだだ、まだ。

と、砂利を踏み締める音が変わった。しょりしょりからざっざっ、と。

──まだ。

音が近い。クロノスの息遣いまでわかる。

生暖かい息が首元にかかる。

その瞬間、ローグはジャケットを背後に投げた。ジャケットは『透明』なクロノスに覆いかぶさった。ジャケットは宙に浮き、それからクロノスの姿がまるで見えない紙に色をつけるかのように出現した。

「──なっ⁉〈透過(クリア)〉を⁉」クロノスが声をあげた。

ローグは全身の力を込めて体当たりした。クロノスが後ろに倒れていく。ローグは手袋(グローブ)を握り締めクロノスの顔面に叩(たた)き込んだ。

「くたばれクソ野郎！」

言いながらもローグは安堵(あんど)した。ぎりぎりだった。少しでもタイミングがずれていたら死んでいた。

と、一際大きい爆発音があった。倉庫全体が揺れ、照明から割れそうな音が鳴った。

（ミゼリアは無事か？）

いや、クロノスを取り押さえるのが最優先事項だ。ローグは手錠をかけようとクロノスの手を取ろうとし、左頰に強い衝撃を感じ、吹っ飛ばされた。

（――なっ⁉）

体が宙を浮いた。

受け身も取れず、地面に背中から落ちた。一瞬、息ができなくなった。

クロノスが立ち上がっていた。

「痛かったなぁ……今のは」クロノスが血の混ざった痰を吐いた。「口の中を切ってしまったよ」

頭がぐらぐらする。反撃を食らった、ということか。

ローグは呆然とクロノスがこちらに歩いてくるのを見つめた。

「信じられないって感じだね。でも当たり前じゃないか。今の君は小石ほどの魔力しか持たない。だって体が子供に戻っちゃってるんだから」

側のコンテナに寄りかかりながら、立ち上がろうとする。脚が震えてうまく立ち上がれなかった。

クロノスがベラベラと喋っている。

「時間を逆流させてるって言ったじゃないか。子供が大人に勝てるはずもない。ちゃんと想像しなくちゃ」

背中をくっつけるようにして、何とか立ち上がり、拳を構える。足の震えはまだ治まっていないが、無理やり抑えつける。

「もう諦めるんだ。決着はついたよ」

「……よかったぜ。お前が無敵になる魔術とか使ってなくて」

「何を言ってるんだ。まだ僕に勝てるつもりでいるのかい？」

「……そうだと言ったら？」

クロノスが両手を広げ、高らかに言った。

「無理に決まってる。諦めなよ。僕は『二大貴族』の生まれさ。君とは格が違う。僕には、なすべき使命があるんだよ。世界を変えることは僕にしかできない。魔女の時代を再現するためにもここで立ち止まってるわけにはいかな――」

瞬間、踏み込んでクロノスの無防備な高い鼻に拳を入れた。

「ぐふっ⁉」

たたらを踏み、クロノスは鼻を押さえた。「ま、まぐれで粋がってるんじゃゃ――」

言葉を待たずにローグが飛び、回し蹴りでクロノスのこめかみを抉る。よろめき、今度は耐えられずクロノスは尻餅をつく。

「え⁉　あ、な、なんだよこれ⁉」

この身ひとつで犯罪者と渡り合ってきた。殴り殴られ魔術をぶっ放され、しかしそれでもローグは生き延びている。

「魔術の使いすぎで頭までガキになったのか？　お前の目の前にいるのは捜査官だぞ？　べちゃくちゃ喋ってるんじゃやねえ」

ローグは言ってやった。

「立てよ、クソ野郎。てめえは一発じゃ済まさねえ」

◇

高熱で鉄が飴のように溶け、風の刃が地面を抉り取る。カトリーヌが腕を振るうごとに魔術の軌道が変化し、ミゼリアを追う。が、まるで心を読まれているかのように避けられる。あと一歩というところで逃してしまう。ミゼリアが転がり、飛び跳ね、コンテナを駆け上がり宙に浮いたところを狙い撃ちしても、跳ね上がった瓦礫を蹴り加速、〈焼陽〉は奥へ消えていき、ミゼリアの後ろ髪を多少焦がしただけだった。

——どうして⁉

竜巻のような規模の〈風刃〉を分散させ、ミゼリアに集結させる。見えない刃が指向性を持つ雨のように降り注ぐ。

ミゼリアが一瞬コンテナの陰に隠れたと思ったら、刃の雨を潜り抜け、こちらに走ってくる。

予想外の行動に目を剝いた。手には拳銃。腰だめに引き金を絞るのが見え、散っていた〈風刃〉を一部前方に展開、放たれた弾丸がカトリーヌに届くことなく明後日の方向に飛んでいく。

その時にはもうミゼリアが消えている。

これだ。こちらが決定的な行動を取ろうとする時、ミゼリアはカウンターを用意している。

そのせいで攻めあぐねる。

〈出し惜しみしている場合ではありませんね〉

カトリーヌは切り札を切ることにした。

魔力の出力を、ほんの少し上げる。

その瞬間、〈風刃〉と〈焼陽〉の火力がギアをずらしたかのように急速に上がった。

これは〈首輪〉の規定魔力ぎりぎりの状態だ。

ほんの一ミリでも魔力を注いだら、〈首輪〉が反応してしまう——そうなれば死。

そこまでする必要はないのかもしれない。

しかし、嫌な予感がある。ミゼリアは『逃げ続けている』。狙っている何かがあるような気がしてならない。

(そうなる前に片をつけます)

パンッと両手を打ち付ける。

〈風刃〉が〈焼陽〉にまとわりつく。小型の太陽と化した〈焼陽〉をシェイクする。極大の熱が渦巻き始め、徐々に回転速度が高まっていく。唸る風の音に聴覚が耐えられなくなった刹那、

太陽が飛び散った。

鉄も溶かす高温の塊が風速百五ノットで次々と、コンテナに、地面に、倉庫に、穴を開けていく。カトリーヌの視界一面が赤く染まっていく。

カトリーヌの魔力が尽きない限り、この攻撃は止まない。そしてカトリーヌの魔力は決して尽きることはない。

風の音、鉄が溶ける音、大地が砕ける音――それらを聴きながら束の間の破壊に酔いしれる。〈風刃〉と〈焼陽〉の合わせ技は破壊力が凄まじく、もしかすると、ローグたちも巻き込まれてしまったかもしれない。でも、それならそれでいい。罪悪感を満たせるから。

徹底的な破壊を続け、三十秒経った。

〈風刃〉と〈焼陽〉の出力を徐々に弱めていく。車の運転と同じで、急停止させるとエネルギーが暴走するからだ。やがて、掌に浮かぶ二つの魔術は、それぞれ、そよかぜと電球くらいの出力になり、ふっと消えた。

倉庫は原形をとどめていない。

カトリーヌは自身が行った破壊の跡を見た。

カトリーヌから前方はそこだけ、ミキサーをかけられたかのようにぐちゃぐちゃで、砕け散った天井から夜空が見えていた。

「……終わった」

呟いた。

ローグもミゼリアも皆消えてしまった。

自分が消した。

胸が苦しい。クラクラと倒れてしまいそうだ。

（捜査官！　捜査官！　捜査官！）

カトリーヌは服の上からぎゅっと自分の胸を摑んだ。

自分を救ってくれたかもしれない彼を、消してしまった。

「あああああ………」

喜びと悲しみが入り乱れ、カトリーヌは床にへたり込み、ミゼリアの「いい夢見れたのかい？」という言葉で目を覚ました。

「え？」

ミゼリアの蒼い瞳が目の前にあった。

「よだれ垂れてるよ」

ミゼリアはそう言うと目を細めた。

咄嗟に口を動かそうとすると、自分の意志に反して体はピクリとも動かなかった。

「おっとっと、危ない危ない。君の魔術は危険だからね。既に魔術を使うという『選択肢』を封じさせてもらったよ」

倉庫のどこにも破壊の跡はなかった。天井は重苦しい圧迫感を与えてくるままで、もちろん夜空は見えない。

（な、何が起こってるんですか!?）

「な、何が起こってるんですか!?か。真っ当な疑問だね」

「え!?　なんで――」

「――心が読めるんですか？　かい？　そりゃあ、君の精神に接続させてもらっているからだよ。今まで君は夢を見ていたんだよ」

こともなげにミゼリアが言った。

接続？　ありえない。魔術を使用する時間なんてなかったはずだ。詠唱もしていないし、刻印もどこにもないのに。

「魔術の使用には詠唱と刻印を用いるのが一般的だけど、そうじゃない方法もあるにはある。要は〈魔術〉に命令を伝えられればいいのさ」ミゼリアが補足する。「まあ、種を明かせばなんてことないんだけど、私は〈精神支配（ドミネート）〉を使うのに瞳を用いるんだ」

ミゼリアは自分の目を指し、ぐっとカトリーヌに顔を近づけた。

――たしかに〈風刃〉と〈焼陽〉を使用した瞬間に目が合っていた。だが、そんなことで……。

「できるんだよ。君も魔女だろう？　誰かのできないも魔女にはできる。わかってるよね？」

ミゼリアの瞳に吸い込まれていくような感覚を覚える。

――怖い。

カトリーヌの全てが覗（のぞ）かれている。支配されている。

嬉（うれ）しくも悲しくもない。ただただ怖い。

「君は罪悪感が好きなんだよね？　そのためには好きな人を殺しても大丈夫なんだよね？　では、夢の中でたっぷりと味わうといい」

どん、と蹴り落とされたような気がした。

カトリーヌは深い闇の中に落ちていった。

◇

クロノスがタックルしてきた。子供の姿のローグなら多少打撃を受けても、押さえ込めれば勝つことができる、そう考えているのだろう。

甘い。

掴(つか)みかかる手を払い、左脇の下をくぐり抜け、その際に膝を肘で押す。

クロノスのバランスが崩れる。背後に回ったローグは腎臓を殴る。突く。闇雲に突き出された後ろ蹴りをステップで避けて背中に上段蹴りをかます。

「――かはっ！」

クロノスは無理やり息を吐かされ、のけぞる。構えを戻したローグは今度は膝裏を狙う。脚をしならせ、足の甲をクロノスの膝裏に叩(たた)きつける。かくんと膝が折れ、クロノスの体が前に倒れる。

狙っていた状況になった。

重心が下がったおかげで頭が狙いやすい位置に来た。

クロノスの髪を左手で握り、ぶちぶちというのも構わず、自分の体に引き寄せ、躊躇せず、肘を頭に叩きつける。硬いものと硬いものが衝突した鈍い音が鳴る。手ごたえはあった。もう一度肘――

「ぐがあああっ！」

今までの悠然とした態度を投げ捨てて、クロノスが叫び、乱雑に腕を振り回した。浅かったか。いや、違う。さらに縮んでいる。

「――ああああああっ！　ちくしょう！　あああっ！」

クロノスが叫びながら血走った目でこちらを見る。了解、まだまだ殴れるということだ。問題はない。魔術を唱えようとするのを肝臓打ちで防ぎ、スウェー、ステップ、しゃがみ込んで大振りな蹴りを避ける。隙が生まれるのを見逃さずに金的を入れる。

「――があああああああああ！」

内股でクロノスが絶叫。よし。

クロノスが腕を顔まで上げる。ローグは攻撃目標を変更し、脛を蹴る。さらに絶叫。

（……こんなもんじゃねえ。こんなもんじゃ）

フックを右頬に当て、飛んできた左頬をまた殴る。

（……こんなもんで終わっていいと思うな）

殴る。殴る。弱い威力でも重ねれば馬鹿にならない。

しかし殴り続け、酸欠で胸が爆発しそうに苦しくなる。それでも殴るのをやめない。クロノスの攻撃を受け、捌き、流し、合間に殴り返し、拳が切れても血を纏ったまま殴る。

(……お前は絶対許さねえ)

今にも倒れそうなのに、頭が冴えている。

クロノスはここで仕留めなければならない。でなければ『もっと死ぬ』。

「うおおおおおおああああ！」

どこに叫ぶ酸素があるのか、気がついたら叫んでいた。

クロノスはまだ倒れない。

腕の腱が痛み始めた。それでも殴る。

クロノスはまだ倒れない。

視界が歪み始める。鼻からどろりとした液体が出る。

クロノスはまだ。

クロノスは——

吹き飛びそうになる意識を唇を噛むことにより、覚醒させた。重心を下半身に移動。左脚を軸に、右脚を加速。つま先を固め、思い切り蹴り上げた。

ビィンと。

クロノスの頭が跳ね上がった。顎は上向き、両手が犬かきするように宙を何度もかく。

見えていたのはそこまでで、ローグは仰向けに倒れた。力が一切入らない。失った酸素を求め、荒い呼吸を繰り返す。

（……倒れろ！）

祈る。

たたらを踏む音が聞こえる。

たん、たたたんと、不規則な足音。

（……いい加減倒れやがれ！）

霞んだ視界にぐらぐら揺れているクロノスが映る。揺れるクロノスが拳を握り、こちらに顔を向け、ゆっくりと迫ってくる。

馬鹿な。

体は動かない。反撃はできない。拳がどんどん大きくなり目を瞑ろうとした時、拳は右に逸れ、クロノスの体が降ってきた。クロノスはローグを掠め、隣にうつ伏せで倒れた。

「……はあっはあっ！　やってやったぜちくしょう！」

やけくそ気味に声をあげ、ローグは気づく。

全身にべったりと血が張りつき、文字通り〈血塗れ〉となっていることに。

（まさか、またこうなるとはな）

鉛のように重い体を起こす。

クロノスの体を回転させ、顔を表に上げる。整った顔は見るも無惨になった。手錠をかけ、口に布を巻き詠唱できないようにする。

「おーいローグ君ー、生きてるかーい？」

とミゼリアの声がした。こちらに走ってきている。

見るとあれだけ派手な音がしていたのに、その身には傷一つなく、心なしかスッキリした表情をしている。

「……無事か」

心配して損した。

こっちは全身痛めつけられているというのに。仕方なく立ち上がり、向かい合った。

「ローグ君、そんな言い方はないだろ。それよりさ、言うことがあるんじゃないかい？」

ミゼリアがニヤニヤとしながら、自分の耳に手を当てている。

「……どうも」

嘆息した。

「え？　どうも？　何がどうもなのかなあ。私にはちょっとわからないよ」

「……だからあれだよ」

「あれって？　あれってなに」

「あぁっくそ！」ローグは叫んだ。「助けに来てくれてありがとうございました！　あなたは命の恩人です！　これでいいですか⁉」

「やけくそ感が否めないが、まあよろしい」

　ミゼリアが満足そうに頷いた。

「うるせえよ。こっちはもう色々限界なんだ。見ろ、こんな縮んじまった」

「へえ、イメチェンかと思ったよ」

「はっ倒すぞ」

「冗談だよ。さあ、君の命が尽きる前に術を解くとするか」

「解けるのか⁉」

「私を誰だと思ってるんだい？　お湯を沸かすよりも簡単さ。百五十個ほど案を考えている」

「……それはまあ、嘘だろ」

「嘘だが、案があるのは本当だよ。さあ、そいつの頭を持ってくれ」

　クロノスのことか。ローグはクロノスの頭を持ち上げた。流石に今の体では、その程度の作業ですら相当な重さに感じられた。

「〈精神支配〉をかける。それで彼自ら、再度ローグ君に術をかけてもらおう。時間の流れを逆回転させて、ちょうどいい年齢で止めれば解決さ」

　ローグは呟くように言った。

「……そうか。本当に助かるのか」

「なんだい？　嬉しくないのかい」

「嬉しくないわけがない。……だが、もう少し早くこいつを捕まえてれば犠牲者も減ったかもしれないって思うとな……」

ミゼリアが目を閉じ、ため息を吐いた。長い長いため息だった。

「薄々気づいていたけど、さては君、溜め込むタイプだね？　全く面倒くさい性格だねぇ」

「……別に他の奴だって思うだろ」

「君のそれは、重要な時に言うからダメなんだよ！　私を見習うといい！　常に発散しているんだよ！　わかるかい？」

ミゼリアがローグの鼻を人指し指でズムズムと押した。

「……すまん」

素直にそう言うと、ミゼリアは再度ため息を吐いた。

「まあ、いい。それより急ごう。君の時間はもうほとんど残っていない」

言われて、気づく。体がクロノスを倒した後から、さらに縮んでいる。

(不味い)

慌ててクロノスのもとに駆け寄り、そしてローグは、固まった。


何だこれは？

クロノスの服の下で何かが蠢いていた。まるで蛇が這い回っているかのように、服が盛り上がり、形を変えている。しかしクロノスは依然として、眠ったままだった。

「野郎……！　まだ何か仕掛けていたのかよ」

「いや、違う」

いつも飄々としているはずのミゼリアの声音が硬かった。

「これは……おそらく魔術を制御できていない。好き勝手に暴走している状態だ」

「そんなことが起こるのか⁉」

意識がなければ魔術は発動しようがない。指令を伝えることができないからだ。時間差で発動できる刻印法にしても、クロノスが刻印を刻む時間などなかったはず。

「機密魔術はわかっていないことの方が多い。意識を失って制御できなくなった場合、『魔術自身』が勝手に効果を発動するのかもしれない。私にも、もう何が起こるかわからない」

ミゼリアが言い、

「とにかく急がなければ」

クロノスの瞼を指でこじ開けると、蒼い瞳で覗き込む。

「〈精神支――」

ミゼリアが弾き飛ばされた。石ころのように軽々と飛び、数メートル先の地面に体を打ち付けた。

「――っ！」

「ミゼリア！」

クロノスが重力を無視したような動きで、ぬらりと起き上がる。顔に巻きつけた布が塵となり、手錠が勝手に崩れた。

「■■■■■■■■■」

得体の知れない言語を吐きながら、クロノスは辺りをキョロキョロ見回した。体は黒煙に包まれ、黒煙の中で蛇のようなものが動き回っているのが見えた。しかし、何よりおかしいのは頭部だった。

クロノスの頭だけが老化と若返りを繰り返していた。

収縮と拡大、艶のあるぷにぷにとした赤ん坊の顔になったと思ったら、シワが深く刻まれた老人の顔になり、すぐさま瑞々しい少年の顔に変化し、元の青年の顔が姿を現す。まるで、動画のシークバーを操作するように、過去現在未来のクロノスの顔が浮き出る。

――これが〈時間操作〉が暴走した結果だというのか。

「■■■■■■■」

老人のクロノスが詠唱した。

クロノスの目が光り輝き、虹色の光が放たれ、天井に穴が開いた。空まで光は飛び、花火のように爆発した。

見当はずれの方角に放たれたが、凄まじいまでの威力だった。

ローグはミゼリアに駆け寄り、抱き起こした。

「大丈夫か⁉」

「大丈夫だがね。悪いニュースがある」ローグの肩を借りながらミゼリアが立つ。「〈精神支配〉が失敗した。彼の精神は〈時間操作〉にがんじがらめにされている。手出しができない」

その顔は青ざめていた。

ローグは訊いた。

「本当に大丈夫か？」

「魔術を抵抗されるとこうなる。ふ、私にとっては五百年ぶりだけどね」

余裕そうな態度にローグは何かピンときた。

「――作戦があるのか？」

「錠に合った鍵を使わないと扉は開かない。となれば、別の魔術でアプローチを仕掛けるまでだよ」

ミゼリアが口笛を吹いた。

と、例の理解できない言語と共に、吹雪がコンテナを一つ丸ごと吹き飛ばした。

「あの通り、彼は無差別攻撃中だ。どこを見ているかもわからないし、近づくのは危険だ。だけど、それなら攻撃を向かわせる方向を決めてしまえばいい」

「囮をやれってことか」

「そう。私は裏から回る。君は正面で引き付けておいてくれ」

「わかった……死ぬんじゃねえぞ！」

「この私を誰だと思っているんだい？　千二百年生き延びてきた――」

首を振り回していたクロノスが、こちらを見た。ギギギと頭を傾け、胎児から青年に変化すると口を開く。

「■■■――」

「走れ！」

ログは右に、ミゼリアは左に駆けた。二人がいた場所を熱線が通り過ぎ、地面に焦げ跡を残した。

「こっちだクソ野郎！」

ログは瓦礫を拾い、クロノスに投げつけた。顔に当たり、肉のだぶついた初老のクロノスが痛そうに片目を閉じた。

「寝ぼけてやがんのか！　こっちに来てみろ！」

クロノスの顔が憤怒に染まった。

先ほどまで鈍重な動きだったクロノスがローグ目がけて走ってくる。顔面の時間を行ったり来たりさせながら、しかしいずれの年代の顔もローグを睨みつけていた。

「くそっ！　狙い通り動いてくれてどうも！」

言いながら全力で走る。

背後から詠唱するのが聞こえ、咄嗟に前転しながらしゃがむと、紫色の液体が横薙ぎに振るわれたのが見えた。頭上を通り過ぎ、コンテナに液体がかかるとじゅうじゅうと音を立てながら溶けていく。

体勢を立て直し、足を踏み出す。

クロノスとの距離が近くなっている。

やはり背が小さくなってしまった分、走る速度も落ちている。対して相手は大人の体だ。分が悪すぎる。このままだと時間を稼ぐ前にローグが死ぬ。

「■■■■」

クロノスが詠唱した。胸の前に黒い球が現れた。狙いを予測する。どこだ。上か左か右か――

どれでもなかった。

ふわっと。

体が飛んだ。黒球を中心としてまるでそこに引力があるかのように吸い込まれていた。足が地面に着かず、三次元的にきりもみする中、ローグはぎりぎりでコンテナの縁を掴んだ。指がみしりと鳴った。

あまりの吸引力に腕が千切れそうだった。

コンテナに置いてあった廃材のようなものが飛んでいく。それは黒球に触れるとプレス機で潰したように一気に潰れた。

さらに重い金属が擦れる音がした。ローグが摑まっているコンテナが動いていた。徐々にクロノスの異様な姿が迫ってくる。

クロノスの付近にあるコンテナがダイスを転がすように軽々と地を跳ねたのが見えた。人間の何倍も体積があるそれは、一瞬でぼごん！　と掌大に圧縮された。どれほどの力を加えれば可能なのか。

冷や汗を感じる余裕もない。

クロノスとの殴り合いで消耗した上に子供の腕力——『落ちる』のは時間の問題だった。

(ミゼリアはまだか！)

と、高速で何かがクロノスに突っ込んでいく。黒球に触れたと思ったら、大気が震え、衝撃波が起きた。ローグは木の葉のように飛ばされた。

地面に何バウンドもし、右腕を激しく擦った後にようやく止まる。

気がつくと吸引は収まっていた。

「助けなきゃ見捨てなきゃ助けなきゃ見捨てなきゃ………」

カトリーヌがクロノスの頭を踏みつけていた。

だが様子がおかしかった。

両手で頭を抱え、嫌々するように首を左右に振っている。ぶつぶつとした呟き声はこちらにまで聞こえてくる。

「カトリーヌなのか……？」

「あ、捜査官」

カトリーヌがたった今気づいたというように、振り返った。口を小刻みに震わせながら大粒の涙を溢し始めた。

「捜査官だぁ……捜査官……助けなきゃ……」

「──っおい！」

ローグは叫んだ。

クロノスが詠唱していたのだ。カトリーヌの足元で光が瞬いた。

「ごふっ」

カトリーヌがよろめき、喉に手をやった。穴が空いていた。

ゆらりとクロノスが起き上がる。赤ん坊の顔でカトリーヌを見つめていた。カトリーヌはそれを意にも介さずローグのもとによろよろと歩き出し、

「捜査官……今助けます……」

そして倒れた。

「カトリーヌ！」

クロノスがまるでやり返すように彼女を踏みつけ、通り過ぎた。

瞬く間に変わっていくクロノスの顔が笑みを浮かべている。

意識なんてないはずなのに、目一杯。

一瞬で体中が熱くなった。

生体時間の逆流は進み、もはやクロノスは山のように大きく見える。短い手足は立っているだけでやっとだった。

それでも、ありったけの怒りを込めて睨（にら）みつける。大きな手が伸びてきて、くっと首を絞められ、持ち上げられても睨（にら）み続ける。

クロノスの口が開き、おぞましい言語を唱えた。

「■■■」

詠唱が終わり、クロノスの目が輝き始める。カトリーヌを撃ったものと同じ光だった。光量が絞られ光が発射されようとした時、

「おいたはここまでだよ」

　ミゼリアがクロノスの後頭部に手を置いた。

「〈記憶解読（リーディング）〉」

「いぃぃいいいいいいいいいあああああああああぁぁあ！」

　耳をつんざくほどの悲鳴をクロノスは上げた。瞬間、体から手を離され、地面に背中を打ち付けた。痛みに呻（うめ）いているとミゼリアの声が聞こえた。

「おやおや、碌（ろく）でもないものばかり溜（た）め込んでいるね。ま、掃除してあげるから感謝するといいよ」

　あの魔術だった。ザック・ノルに使用しようとしていた、記憶を読み取る魔術。その副作用は――読み取る際に記憶が混ざり壊れること。

「――〈時間操作〉はこれかな？」とミゼリアが暗闇の中で宝を探し当てたように言う。「ふーん、なるほどね……」一人で何度か頷（うなず）いて「よし理解した！」

　ローグはその様子を黙って見ていた。気を抜くと眠ってしまいそうだったのだ。何せ体は既に幼児へと成り果てていた。思考も混濁し、取り留めのないことが次々と浮かぶ。過去の体験はぼんやりと曇りガラス越しに見たように思い出しにくくなっていた。きっと、もうすぐにでも『消滅』してしまうのだろう。

「安心したまえ。助かるよ、君は」

　一言も発していないのにミゼリアが言った。

瞼がひどく重い。安心？　そりゃあいい。

笑みを作ろうとすると、急速に意識が遠のいていく。今度は耐えられそうになかった。意識が完全に飛ぶ前に、ミゼリアが微笑むのが見えた。相変わらず顔だけは綺麗だ。これが最期の景色だとしたら、まあ、結構悪くないかもしれない。


眠ってしまったローグを見て、ミゼリアは呟いた。

「許せよローグ君」

それから一度ローグの頭を撫で、

「■■■■■■」

と詠唱した。

◇

顔に熱気を感じて、うっすらと目を開けた。自分がどこにいるのかわからなかったが、すぐに思い出した。しかしその様子はローグが意識を失う前とはだいぶ違っていた。

天井まで届く勢いで火柱が上がっている。コンテナの半分以上が既に燃え盛っていた。

クロノスの罠にかかった時の比ではない規模だ。燃えやすい素材でも保管していたのか、こうして見ている間にも火の勢いが強くなっていく。

（――そうだ！　俺の体はどうなってるんだ……）

腕を伸ばしてみる。程よく筋肉があり、力を入れると盛り上がる。

脚も見てみる。幼児のものには見えない。自分の、元の脚だ。

ローグはホッとした。ひとまずは体の逆流は止まり、正常な年齢へと戻ったようだ。

と、安心している場合ではない。状況を把握しなければ。

クロノスが膝立ちで俯いていた。放心した顔で口から涎が垂れている。後ろにはカトリーヌが寝かされていた。首にハンカチが巻かれている。処置したのはミゼリアか。しかし、とうのミゼリアが見当たらず、立ち上がって辺りを見回した。

すぐに見つかった。

ミゼリアはコンテナの陰になっているところで足を放り出して座っていた。

「何が起こったんだ⁉」

ミゼリアがこちらに顔を傾けた。

「クロノスがやりたい放題したせいで、どこかで着火していたらしい。君らの世話をしていて、気づいたらこのザマさ」

「そいつはどうも！」ローグは言った。

「消火しようとはしたのだがね。魔力制限がなければなんとかなったのだけど」

「言っても仕方がねぇ。もうこうなったら壁でもぶち破って逃げるしかない」

「ふむ、そうしてくれよローグ君」

「何、他人事みたいに言ってんだ。行くぞ」

ローグは踵を返した。しかし、付いてくる音が聞こえなかった。

「何やってんだ？」

最初に会った時みたいにエスコートしろとでも言うつもりか。まあ、命を助けられた手前、断ることはできない。ローグは振り返ってミゼリアに手を差し出した。差し出された手をミゼリアは取らなかった。

「どうした？　立たないのか」

「立たないというより、立てないだね。まあ、私のことは気にせず、先に行きたまえ」

「何馬鹿みたいなこと言ってやがる。いいから行く――」

　ローグはそれを見て、止まった。


　ミゼリアの右半身が崩れていた。


　本当に何もないのだ。

　足も腕もなくなっていて、左側から見ると、全くの無傷なのに、右側からだと体の断面から、まるで血液が砂でできているかのように、粒子が舞っていた。

　これで生きているのが信じられなかった。

「な、何が起きてる」

「ああ、これね」ミゼリアがまるで、ちょっと髪を切ったんだとでもいうように気軽な口調で、「〈精神支配〉を抵抗された影響さ。いやあ、〈時間操作〉って恐ろしい魔術だね。体が化石化してるよ」

「い、いや、お前平気だったじゃないかよ⁉　どうしてこんな⁉」

「平気ではなかったね。内臓から順に化石化していったから、耐えるのが大変だったよ」

(顔が青ざめてたのはそういうわけなのか⁉)

だとしても――

「なんで言わなかったんだよ⁉」

助けられたかもしれないのに。

ふっとミゼリアが笑った。

「あの場面で言えるわけないだろう。それにローグ君はこれを治癒させることができるのかい？　無理だろう？　まあ私もできないからこうなっているのだけどね」

冗談であって欲しかった。いつもみたいに。

「……どうすればいいんだよ？」

「どうにもできないね。ローグ君にできることは、そこの二人を連れて脱出することだよ」

ミゼリアが向こうに行けとジェスチャーをした。

ローグは立ち尽くした。足はちっとも動かなかった。

「だが……だが……」

「ひょっとして私に同情しているのかい？」ミゼリアが片眉を吊り上げた。「それは間違いだよ。私は魔女で連続殺人鬼で、君の前任者だって山ほど殺している。体が崩れながら死んでいくというのは、まあ――悪人の死に方としてはまずまずといったところだろう。邪魔しないで欲しいね」

「やめろ……そんなこと言うな……」

「いいや、やめないね。君がとっとと消え失せてくれるまで。そうだな、エルドで行った殺人についてでも話そうか。あれは我ながら上手くいったもので——」

言いかけてミゼリアが口を止めた。

ローグは目を擦り、顔を伏せた。

「……俺はお前に生きていて欲しい……頼むよ……」

ミゼリアは口をへの字に曲げ、鼻を鳴らし、

「困ったものだよ！　泣き落としかい？」

「……そんなんじゃない。俺はただ……」

「子供のやり口だね！　そんなので捜査官面してたのかい？」

何も言えない、言うことができない。目すら合わせられない。捜査官失格であるということは嫌でもわかる。しかしミゼリアを置いていくという選択が取れない。まるで理性がどこかに消し飛んでしまったように感じる。

「君に対する評価を改める必要があるな。この仕事は即刻辞めるべきだ。次はパン屋にでも就職するといい」

ミゼリアはここからローグを追い出そうとしている。それは明らかだ。説得されているのはローグの方で、今すぐにでも脱出するべきなのだ。なのにこんなことを口走っている。

「……俺はお前が悪人だとは思えないよ」

ミゼリアは目を一瞬見開き、取り繕うように瞼を閉じた。それでも口元は耐えきれないように震えていて、上唇で下唇を押さえるも、ついには噴き出した。

「はははは！　本当に面白い奴だなローグ君は！　ははは～！　私を笑い殺す気かい⁉」

ヒーヒーと笑い、体から粒子が溢れた。あっと思わずローグは声を出しそうになった。それに気づいたのかミゼリアは長い息を二、三度吐いて、体を落ち着かせた。

「来てくれ」

ミゼリアが微笑みながら左腕で手招きする。

膝立ちで目線を合わせるとミゼリアは口を開いた。

「悲しむことなんてないさ。君は事件を解決した。君の未来は明るいし、日常は続いていく。何も問題はないよ」

粒子を散らしながら、ミゼリアがローグの肩を叩き、

「しっかりしなよ、捜査官。そんなんじゃ私の死に甲斐もないというものだよ？　精々かっこつけてくれ」

指の先が崩れ落ちながらもそんなことを言った。

自分が死ぬのをちっとも怖がっていないように見える。

「……俺だってこんなこと初めてなんだよ」

「いい練習になったじゃないか。タフな人間になれるチャンスだ」

「……」

「なあ、ローグ君。こんな時に言うのもなんだけど、ここ最近本当に楽しかったよ。君のおかげさ。この日々が終わるのだけが唯一の心残りと言ってもいいかもしれないね」

「……泣かせようとするな」

「これは失礼。感動の別れって奴をやってみたくなってね」

「……今やらないでもいいだろ」

「まあ、でも本心さ。ありがとうローグ君」

ローグは目を見開いた。

「嘘なんて吐かないよ。前にも言っただろう？　私は嘘吐きが嫌いさ。君には感謝している。これでいいのさ、これで」

ミゼリアはカラカラと笑い、片目を閉じた。

「全くいい気分さ」

倉庫が爆ぜる音も、唸る空気の音も何もかも聞こえなくなっていた。ミゼリアが緩やかに呼吸する音、ただそれだけが聞こえていた。一人の魔女が死にゆく音、それだけが。

決めなければならない。

既に形もなくなってしまったミゼリアの左手を取りかけ、ローグは立ち上がった。

「……俺はお前を置いていくことにしたよ」

「おや、どういう心変わりだい？」白々しくミゼリアが言った。

「……そりゃあ、今日は散々な日に遭って眠くなっちまったからな。もう帰って寝ることにした」

「うん、それは正しい選択だよ。子供は帰ってもう寝なさい」

「そうする」

「おやすみローグ君」

「おやすみ……………ミゼリア」

ローグは踵を返した。クロノスと横たわっているカトリーヌを拾い、両脇に抱えた。その時、背後から声がした。

「ローグ・マカベスタの未来に幸あれ」

振り返らずに駆け出した。

エピローグ

ヴェラドンナが甘ったるい香りを振りまきながら、ローグの頬をツンツンと突いた。ローグは椅子に座ったまま、ヴェラドンナの好きなようにさせていた。

「本当にいいわけぇ？」

「はい。問題ありません」

「もったいないわねぇ。せっかく管理官の椅子を用意しておいてあげたのに失礼しちゃうわ」

デスクの上には誓約書があった。内容は第六分署勤務継続を希望するというもの。

「あなた、何度も殺されかけたんじゃないのかしら？」

「そうですよ」

「今度は生き残れるとは限らないわよ。今だったら訂正が利くけど」

ヴェラドンナの口調から甘さが消えて、目つきは鋭く、局長という地位にふさわしい雰囲気になっていた。

「構いません。それに俺以外が行って、無駄に人材を消費したくはないでしょう」

ヴェラドンナは少し驚いたように、

「あら、自信があるのね」

ローグは肩をすくめてみせた。

ヴェラドンナは誓約書の横にあった別の書類を取り上げた。

「こっちも了承を得たのよね」

「はい。残留で構わないそうです」

「ふぅん、国外追放とはいえ、解放されるチャンスなのにねぇ。二大貴族はピリピリしてるし、もう二度と恩赦なんて与えられないわよ」

二大貴族はクロノスの一件から、内部抗争が激化しているらしい。一般捜査官内でも密かに噂になっているくらいだ。

「魔女の考えることはよくわからないわねぇ」

ヴェラドンナが言った。

ローグもそう思う。

それからいくつかの手続きを済ませ、局長室から出た。

昇降機に乗り込むと一階のボタンを押し、壁に背中を預ける。ローグ以外に人はいなかった。

ガラス張りの壁からはイレイルの街の喧騒が見えた。網目のような道路には赤血球のように車が絶えず走り回り、針山のようなビル群は正午の太陽を浴び、存在を主張するように輝いている。

　光が目に刺さり、眩しくて左腕でひさしを作った。その時、シャツの袖がずり落ちて、左手首に嵌めていた黒のチョーカーが露出した。

　それは〈首輪〉だった。

〈奪命者事件〉から二週間が経った。

　クロノスが所有していた倉庫からは、ミゼリアの〈首輪〉と服の切れ端しか見つからなかった。残りは全て焼け落ちていた。

　鑑識が全てを回収した後、ローグは鑑識に『無理』を言って、〈首輪〉だけもらった。どうしてそうしたのか、自分でも不可解だったが、感傷的になっていたのかもしれない。誰かに見せるつもりもないので、普段はシャツの袖で隠している。

〈記憶解読〉を受けたクロノスのその後は不明だ。二大貴族が情報統制をしている。だが、最後に見た奴の状態はとても正常だとは思えなかった。

（……因果応報か）

　罪に対する罰……それは全ての人間が受けるのだろうか。

　一階に着いた。下らないことを考えたと頭を軽く振って、その思考を追い払い、エントランスに出る。必ずしも全ての悪人が罰を受けるとは限らない。

　駐車場に行くと、車の外に一人の少女が立っていた。伏し目がちな目がローグに気づいた瞬間に輝いた。

「おかえりなさい捜査官！」

カトリーヌが言った。

「おかえりってそんな大袈裟な」

「でもぎりぎりでやっぱり第六分署から抜けますってことも、ありえたわけじゃないですか。ほら、あの……」

カトリーヌが言いづらそうに目を逸らした。

「わかってるんだったら自重してもらいたいね」

「あはは……」

とカトリーヌが苦笑いした。

爆弾を抱え込んでしまったな、とローグは思う。カトリーヌの裏切りをヴェラドンナに報告しなかったのは自分なのだが。

車に乗り込む。カトリーヌには危なっかしくて運転を任せられないので、自分で運転する。

カトリーヌはローグの横で落ち着かなげに手遊びをしている。

きっとあの晩のことを思い出しているのだろう。

倉庫から脱出した直後のことだった。

ロークの腕の中で突然、カトリーヌが目を覚ましたのだ。そして、血混じりの咳をして、

「そ、捜査官……」

「待ってろ！　すぐに病院に着くからな！」

「こ、ここに置いていってください……病院なんて……わたしは死ぬべきなんです……」懇願するようにカトリーヌは言った。「……わたしは生きてる限り、誰かを裏切らなきゃ気が済まないんです……でも、でも、もう誰も裏切りたくないんです……お願いです……どうかわたしを死なせてください」

「嫌だ」

ロークは即答した。

「どうして……ですか？　……どうして死なせてくれないんですか？」

「俺はお前の自殺には手を貸さない。生きたまま反省していろよ。捜査するには人手がいるんだ。逃げようたって許さないぞ」

「ずるいです……そんな言い方」カトリーヌがしゃくり声を上げ始めた。「……そんなの生きるしかないじゃないですか」

ロークの肩がぎゅっと摑まれた。

「……わたし、あなたを裏切ったんですよ？」

「おかげで随分痛めつけられたよ」

「……きっとまた裏切ると思います。我慢しますけど、多分無理です」

「いい迷惑だぜ」

「……どうして許してくれるんですか」

カトリーヌは上目遣いでローグを見た。

許しているつもりはないのだが、そう思いつつ答えた。

「まあ……どっかの誰かのおかげだな。お前たち魔女がどうであろうと、しばらくは辞めるつもりはないいね」

カトリーヌがうつむき、歯軋りのような音を鳴らし、

「……怖い思いをします。それでもいいんですか」

「それがどうした。俺は魔女だろうが何だろうが使い倒すって決めたんだよ。怪我を治したらバリバリ働いてもらうぞ」

カトリーヌはそれを聞いて何かを決心したような顔をした。

「……わたし、捜査官の最期を看取りたいです。それまではあなたの役に立ちます」

冗談のような言葉だった。が、カトリーヌは至って真面目に見えた。

しかしそれは、言ってしまえば、詐欺師がこれから騙す相手に「詐欺しますけどいいですか？」と訊ねているようなものだ。カトリーヌがそれに気づいて、赤面してしばらくぎこちなくなったのも当然のことだった。『最期を看取りたい』とか恥ずかしいことを言うからこうなるのだ。

車を走らせること十五分、第六分署が近づいてくると、端末にメッセージが入った。ヴェラドンナからだった。

内容は――三区のゴルフ場で殺人事件が発生。類を見ない特殊な魔術が用いられており、第六分署の出動を要請する――ということだった。

（やれやれ、休む暇はないってことか）

◇

ゴルフ場を案内してくれたのは小柄な黒髪の警官だった。新人なのか、ローグと会話する声がうわずっていた。

「こちらであります！」

芝生の上には、利用客と思しき男性が横たわっていた。

「一体全体どうしてこうなったのか、本官もさっぱりであります」

男性の遺体は『ゴルフ場一面』に敷き詰められていた。全く同じ顔の人物がまるで、完成されたジグソーパズルのように、精緻に並べられていた。

(複製魔術を使ったのか？　何のために？　いや、そもそも複製魔術は生体をコピーできない。じゃあ、これは一体？)

しかめっ面で悩むローグに、警官は恐る恐るといった感じで話しかけてきた。

「あ、あのっ、あなたは〈血塗れのローグ〉と呼ばれていた……」

「ああ、多分合ってるよ」

そういえばそんな呼ばれ方もしていた。

「あの！」警官が頭を下げた。「ファンです！　サインください！」

「はあ？」

ローグは呆気に取られた。

「ローグ捜査官が解決された事件の記事をスクラップしているのですが、どれも手際が鮮やかで、本官、本当に尊敬しているのであります！」

「そ、そうか……」

サイン色紙とペンまで警官は持っていた。

　ちらりとカトリーヌの方を見ると、大量の遺体を見て気分が悪くなったのか、鑑識に手洗いの場所を訊いていた。カトリーヌは鑑識に付き添われて、この場を離れていく。他の警官たちも遺体を番号分けするために、離れたところにいた。

　キラキラした警官の目にローグは押し負けた。周りに人はいないようだし、さっさと書いて済ませてしまおう。

「しょうがないな」

　と言ってペンと紙を受け取る。ペンのキャップを外し、自分の名前を書き入れたところで、警官が「あの、それは……チョーカーでありますか？」と左手首を指し、訊いてきた。

　シャツの袖から〈首輪〉が覗いていた。

「ああ……これか。友達がくれたんだ」

「可愛いデザインですね」

　適当に頷き、再びサイン色紙に視線を戻す。

「そういえば、名前は？　君の名前は書いておくのか？」

「あっ、申し訳ありません。伝え忘れていました！」

　視界の端で、警官が慌てた様子で頭を下げたのが見えた。

「本官はミゼリアと申します！　『ミゼリア君へ。仕事頑張れ！』と書いていただければと思います！」

　ドクンと心臓が跳ねた。

「ミゼ……リア？」

　顔をあげる。

「はい！　そうであります！」

　警官が制帽を投げ捨てた。それから髪に手をやるとそれも投げ捨てる。ウィッグで押さえつけられていた本来の白銀の髪がふわりと露出した。

「どうしたのでありますか？　ローグ捜査官！」

　固まっているローグの前で警官がカラコンを外す。蒼色の瞳がローグを射貫いた。

「手が止まっているのであります！　他の方が来られないうちに早く済ませて欲しいです」警官の声音がぐっと変わった。青年から少女のものに。「それともこういう話し方じゃないと書いてくれないのかな？　ローグ君？」

「……お前は死んだはずだ」

「おや？　泣いて喜んでくれると思っていたのだけどね」

　掠れる声で答える。「……泣きはしねえ」

「ええ～？　私の〈首輪〉を形見みたいにしちゃってるのに？　なんだい『友達がくれた』って？」

「……うるさい」

「いやまあ。私としてはそこまで想われて嬉しいのだけどね」

からからとミゼリアは笑う。この憎たらしさは間違いなく魔女ミゼリアのものだった。

ローグは脱力してため息を吐いた。

「……話は聞かせてもらうぞ」

「了解。まず前提として、私は一度死んだ。体中粉々になってどんな回復魔術でさえ意味を成さない状態だった。では、なぜこうしてピンピンしているのか？　わかるかいローグ君？」

ミゼリアが言った。

どうしてもローグに推理させたいらしい。

（こいつは確かにあの時手遅れだった。その状態から完全に蘇生させるには……蘇生？）

それに気づいた瞬間、ローグは馬鹿らしくなった。どうしてあの時気づかなかったのか。

ミゼリアが目ざとく言う。

「わかったのかい？」

「ああ。〈時間操作〉を自分の体に刻んだんだろう？　それで死んだ後にお前は、自分の生体時間を逆流させて、体を元に戻した」ローグはサイン色紙をミゼリアの胸に突きつけた。「違うか？」

「ご名答」

パチパチとミゼリアが拍手した。嫌になるくらいの綺麗な笑みと共に。

刻印による魔術行使は詠唱と違い、時間差で魔術を発動できる。〈魔術〉に送る命令を事前に書き込めば、たとえ自分が死んだとしても発動には問題ない。

「どうしたんだい？　怒ってるのかな」

ミゼリアがローグの顔を見て言う。

「うるせえ」

しかし、答えを出した後にも釈然としない。何かが引っ掛かっている。例えば、なぜミゼリアは生きているうちに〈時間操作〉を使用しなかったのか。〈時間操作〉による治癒が可能と確信していたならば、何もわざわざ死ぬことはない。にもかかわらず、ミゼリアは死んだ。なぜだ。

ミゼリアは微笑みながら、ローグを見ている。やはり、まだ何かあるのだ。

（目的があるはずだ。死なないと達成できない目的が）

答えが喉まで出かかっていた。

左腕で髪をかきあげる。そう複雑な目的でもないはずだ。短時間で伝えられるようなものが答えだろう。でないと警官たちが帰ってくる。

（簡単なもの……ミゼリアの、魔女にとっての望みは……）

と左腕が目に入った。

　その瞬間、答えがわかった。

　ローグは言った。

「お前わざと死んだだろ？〈首輪〉を外すために」

「よくできました」

　ミゼリアは意地の悪い笑みを見せた。

　考えてみれば当然だった。〈首輪〉は死ぬまで外れない。ならば外すには死ぬしかない。動機にしたって、〈首輪〉により自身の能力と自由が奪われているのだから、解放されるチャンスを逃すわけがないではないか。

「あの晩、俺を先に行かせようとしたのは、死んだ時に〈首輪〉が外れるのを見られないようにするためか？」

「冴えてるね。その通りだよ」ミゼリアが言った。「せっかく〈首輪〉のことから意識を逸らせたのに、目の前で〈首輪〉が外れたら、流石に狙いが明らかになってしまうからね」

　ローグがミゼリアを助けようとするのも計算の上だったのか。そもそもいつから首輪を外すことを考えていたのか。裏切られたという気持ちで、喉が、舌が乾いていく。

やはりこいつは魔女だった。

「……最初からそれが目的だったのか」

「さあどうかな？」

「……嘘は嫌いじゃなかったのか」

「もちろんさ」

ミゼリアが楽しそうにスキップし離れていく。そして、くるりと振り返り、

「君との日々は楽しかったからね。だからわざわざ顔を見せに来たんだ」

ローグは何も言わない。

代わりに一歩踏み出す。ミゼリアが逃げる気配はない。

「逃げないのか？」

「捕まえないのかい？」

まただ。また試してやがる。

下唇を嚙むと、ローグはミゼリアに触れることのできる距離まで近づいた。

「……〈人形鬼〉ミゼリア。お前を逮捕する」

「どうぞ」

ミゼリアがあっさりと両手を前に差し出した。どこからどこまでが本心だ。〈首輪〉から解放されるのが目的じゃなかったのか。頭が痛くなってくる。ああもうこいつは——

ローグは顔を左に向けた。そこには遺体が広がっている。魔女の顔は見えない。

「ローグ君？」

困惑した声が聞こえた。

「逃げたかったんだろ。俺の気が変わらないうちにどこかに行っちまえよ」

「い、いや、私としてはもうちょっと君の苦悩する姿を見せて欲しかったのだけど……」

「決めてやっただろうが。さっさと行け」

ミゼリアの狼狽(うろた)える声を聞いて胸がスッとしていた。

これでいい。

「……本当にお人好(ひとよ)しだな君は」

そう聞こえた瞬間に顎を掴(つか)まれ、顔を引き寄せられたと思ったら、唇に柔らかいものが触れた。思考が停止する。

「これはお礼だよ」

唇からそれが離れると、ミゼリアの顔が間近にあった。長いまつ毛までしっかり見えた。

「ふふ。面白い顔してるなあ」

ミゼリアが顎から手を離した。

「な、な、何しやがる」

ローグの思考が動き出した。

「お、お前、そんな気安く——」

「別にいいじゃないか。感謝ついでに、教育してあげただけだよ。ウブなローグ君にさ」

「教育ってなんだ！」

うるさそうに耳に手をやりながら、ミゼリアが歩き始めた。

「君の未来が心配だなあ。そんなんでやっていけるのかい」

「余計なお世話だ！」

「あ、そうそう。カトリーヌには気をつけなよ。百万回分くらいはお仕置きしてやったけど、結構根深いからね。まあアドバイスはこのくらいかな。あとは君一人で頑張るんだ」

「——っ待て！」

ミゼリアが木の陰に入った。追いかけようとすると、顔だけ出して、はにかむように笑ってみせた。

「今度は捕まえられるといいな。期待してるよ」

ああ——

魔女に首輪は付けられない。

了

あとがき

夢見夕利（ゆめみゆうり）です。

この作品のアイデアを思いついたのは『羊（ひつじ）たちの沈黙（ちんもく）』を読んだ後でした。ハンニバル・レクター博士のような恐ろしい人物と一緒に捜査をしたらスリルがあって楽しそう——と。五年前の話です。

スリルがある話が好きでした。ホラージャンルは何でも読みます。ホラーじゃなくても読みます。そのためか、どうも作品内にホラー的な展開・要素を入れないと気が済まないようです。電撃大賞受賞まで十四本、長編を書いてきましたが、大体で人が死にました。人が死なない話は三本しかありませんでした。この結果から人は自分の『好き』から逃れられないということがよくわかりますね。

そういうわけで今作の魔女たちには人喰（ひとく）いモンスター的な役目を負ってもらっています。恐（こわ）い。強い。カッコ良い。

とにかくそういう感じの小説を書きたかったのです。

監獄内にいる魔女たちは例外なく悪いことをしています。それはつまり巨大アナコンダが人を喰べるのを当然とするように、躊躇いがないということです。ローグ君の命は何度も危険に晒されます。でも彼が逃げることは許されません。捜査官であることもそうですし、彼の中の倫理観がそれをさせないのです。何より主人公なので逃げたら困ります。作者が。最後まで魔女に立ち向かってくれて本当によかった。

ローグ君に感謝！

担当編集の森さんと小原さん。長い時間打ち合わせに付き合って下さり、本当にありがとうございます。イラストレーターの緜さん。改稿が遅れて申し訳ありません。届いたラフが心の支えになりました。家族の皆。これで心残りはないと言いたいところですが、まだまだあるので頑張ります。

本書を手に取って下さった方々。心より御礼申し上げます。この物語を楽しんでいただけましたら、これに勝る喜びはありません。

魅力的な〈相棒〉に翻弄されるファンタジーアクション！

魔女に首輪は付けられない

Can't be put collars on witches.

著 —— 夢見夕利　Illus. —— 緜

第2巻、2024年夏発売予定！

PV公開中!!

電撃文庫
悪いことをすると
魔女がやってくる。
それはただのおとぎ話
ではない――。

◉夢見夕利著作リスト

「魔女に首輪は付けられない」（電撃文庫）

本書に対するご意見、ご感想をお寄せください。

ファンレターあて先
〒102-8177　東京都千代田区富士見2-13-3
電撃文庫編集部
「夢見夕利先生」係
「縣先生」係

本書は、第30回電撃小説大賞で《大賞》を受賞した『魔女に首輪は付けられない』を加筆·修正したものです。

電撃文庫

魔女に首輪は付けられない

夢見夕利

2024年２月10日　初版発行

発行者　山下直久
発行　株式会社KADOKAWA
〒102-8177　東京都千代田区富士見2-13-3
0570-002-301（ナビダイヤル）
装丁者　荻窪裕司（META＋MANIERA）
印刷　株式会社暁印刷
製本　株式会社暁印刷

●お問い合わせ
https://www.kadokawa.co.jp/（「お問い合わせ」へお進みください）
※内容によっては、お答えできない場合があります。
※サポートは日本国内のみとさせていただきます。
※ Japanese text only

※定価はカバーに表示してあります。

ISBN978-4-04-915525-9　C0193　Printed in Japan

電撃文庫　https://dengekibunko.jp/

電撃文庫DIGEST　2月の新刊

発売日2024年2月9日

第30回電撃小説大賞《大賞》受賞作 新作 **魔女に首輪は付けられない** 著／夢見夕利　イラスト／緜	〈魔術〉が悪用されるようになった皇国で、それに立ち向かうべく組織された〈魔術犯罪捜査局〉。捜査官ローグは上司の命により、厄災を生み出す〈魔女〉のミゼリアとともに魔術の捜査をすることになり——？
新・魔法科高校の劣等生 **キグナスの乙女たち⑥** 著／佐島 勤　イラスト／石田可奈	第一高校は、『九校フェス』を目前に控え浮き足立っていた。だが、九校フェス以外にも茉莉花を悩ませる問題が。アリサの義兄・十文字勇人が、アリサに新生徒会へ入るように依頼してきて——。
ウィザーズ・ブレイン アンコール 著／三枝零一　イラスト／純 珪一	天樹錬が決着を付けてから一年。仲間と共に暮らしていたファンメイはエドと共に奇妙な調査依頼を引き受ける。そこで彼女達が目にしたのは——!?　文庫未収録の短編に書き下ろしを多数加えた短編集が登場！
9S<ナインエス> XII true side 著／葉山 透　イラスト／増田メグミ	人類の敵グラキエスが迫る中、由宇はロシア軍を指揮し戦況を優勢に導いていた。一方、闘真は巨大なグラキエスの脳を発見する。困惑する闘真の目の前に現れた峰島勇次郎。闘真は禍神の血の真実に近づいていく——
9S<ナインエス> XIII true side 著／葉山 透　イラスト／増田メグミ	完全に覚醒した闘真を前に、禍神の血の脅威を知りながらも二人で一緒に歩める道を示そうとする由宇。そんな中、全人類を滅亡させかねない勇次郎の実験が始まる。二人は宿命に抗い、自らの未来を手にできるのか？
ほうかごがかり2 著／甲田学人　イラスト／potg	よる十二時のチャイムが鳴ると、ぼくらは「ほうかご」に囚われる。仲間の一人を失ったぼくたちを襲う、連鎖する悲劇。少年少女たちの悪夢のような「放課後」を描く鬼才渾身の「真夜中のメルヘン」。
虚ろなるレガリア6 楽園の果て 著／三雲岳斗　イラスト／深遊	世界の延命と引き換えに消滅したヤヒロと彩葉は、二人きりで絶海の孤島に囚われていた。そのころ日本では消えたはずの魍獣たちが復活。そして出現した七人目の不死者が、彩葉の弟妹たちを狙って動き出す。
赤点魔女に異世界最強の個別指導を！② 著／鎌池和馬　イラスト／あろあ	夏、それは受験生の合否を分ける大切な時期。召喚禁域魔法学校マレフィキウム合格を目指すヴィオシアも勉強に力が入って——おらず。「川遊びにバーベキュー、林間学校楽しみなの！」魔法予備校ファンタジー第2巻。
教え子とキスをする。バレたら終わる。2 著／扇風気 周　イラスト／こむぴ	教師と生徒、バレたら終わる恋に落ちていく銀。そんなある日、元カノ・柚香が襲来し、ヨリを戻そうとあの手この手で銀を誘惑してきて——さらに嫉妬に燃えた灯佳のいつも以上に過剰なスキンシップが銀を襲う!?
新作 **男女比1:5の世界でも普通に生きられると思った？** ～激重感情な彼女たちが無自覚男子に翻弄されたら～ 著／三藤孝太郎 イラスト／jimmy	男女比が１：５の世界に転移した将人。恋愛市場が男性有利な世界で、彼の無自覚な優しさは、こじらせヒロイン達をどんどん"堕"としていってしまい……？　修羅場スレスレの無自覚たらしこみラブコメディ！
新作 **亜人の末姫皇女はいかにして王座を簒奪したか** 星辰聖戦列伝 著／金子跳祥　イラスト／山椒魚	歴史を揺るがした武人、冒険家、発明家、弁舌家、大神官。そしてたった一人の反乱軍から皇帝にまで上り詰めた亜人の姫・イリミアーシェ。人間と亜人の複雑に絡み合う運命と戦争を描く、一大叙事詩。

レプリカだって、恋をする。
Even a replica falls in love
榛名丼
［イラスト］
raemz
16歳、夏。はじめての、青春。
愛川素直という少女の
身代わりとして働く
分身体（レプリカ）、それが私。
本体のために生きるのが
使命……なのに、
恋をしてしまったんだ。
海沿いの街で
巻き起こる
ちょっぴり不思議な
青春ラブストーリー。
応募総数
4,128作品の
頂点
第29回
電撃小説大賞
大賞
受賞作
電撃文庫